新世纪
河南女作家
作品选

总主编　张莉
主编　曹译

—— 诗歌卷 ——

北 京 出 版 集 团
北京十月文艺出版社

目　录

何向阳的诗

蓝色变奏

一

1

犹如我

踽踽独行的身影

天空没有因谁

改变颜色

仅有凝注

礁石般凸立

任身后海啸

依旧

沉默

珍藏紫罗兰的

芳馨

等待

你的头顶却已戴满

丁香的花朵

喑哑的歌喉

早唱不出以往的嘹亮

却还在企望　回头

能见太阳的喷薄

2

还有谁

能像我　避开喧嚣

把灼烫的记忆

交给栏杆

俯身　沉静地

凝望

远处

星光如火

你若再走进我的绿荫

用脚步磨平

道路的坎坷

弹那根弦

我不知该不该

用歌声应和

层叠风雨

想把蜡烛

熄灭

除非　心不再燃烧

目光不再闪烁

3

就这么

茕茕地走

又不忍

踩碎月色

身后寂寞的林

还在企盼中

辨认

没有回声的歌

把诗洒在你门前
星星摇动苦艾的
纤叶
浸湿了黑夜游动的
萤火

就这么
不声不响
想拼起剪碎的希望
想象你打开门一声惊叹
“今年雨水真多!”

4

五月
叩响微闭的门
夹杂冬末的瑟缩
不再回避
不再闪躲
只是静观
身旁冷箭穿梭

你用一线歌谣牵引我

虽然路上长满野草

我悄然追随

庆幸在趔趄过的地方

不再动摇踟蹰

什么时候

汗流成河

抬眼能见一树石榴的红硕

5

雨季滑过

南方天空

季风散溢

海腥的浓重

紧闭双唇

面对乌云翻卷

怕再驮不动

昔日的寒冷

你给我篙桨

举剑砍断系船的缆绳
失去避风港了
又是逆风

或许因为失去
今天的我
才敢面对急流
坦然迎接
霜雪夹杂、雷暴、冰凌

6

伫立山岗
远眺
河流蜿蜒
犹如我难言的心事
原野却展伸着
一个童话　一个梦想

波斯菊的火炬是你的目光
我说不出的感激
可如山谷幽兰的馨香

山峦无言

暮色苍茫

二

1

向往晴空

蓝色璎珞的曲调

总有阴云

纷杂笼罩

唇含青草

为压下未说出的

感慨

淡然轻蔑

枝头枭鸟

雀跃喧嚣

你说六弦断了一根

我无言的目光

能否裁取少许

续你残缺的琴音

登临意

无人知晓

唯有暮色

如心中

起落的愁潮

2

悄悄转过脸

装作心不在焉

想象你

转身离去的一瞬

轻佻　洒脱

全然不知

我泪流满面

沿着树排

静默地回味

你的声音

响亮又遥远

岁月遥迢

羁旅漫漫

我的双脚却再弹不出

欢快的和弦

月牙如镰

往事如烟

3

星寒风冷

见桦林抖动

闻鸡起舞

哪管隔水浩渺

唱着蛊惑的

夜半歌声

起程时

还不见月

桂树下

见你借酒浇愁

台上端放着独樽

地下游移着愁影

4

银杏树覆盖着
夏日浓荫似的童话
我却在试图
寻找昨夜
低泣的流萤

星寒风冷
祈祷阳光
也期盼黑夜星星样
明媚的
回声

你可以走近
并且歌唱
但别展开那方绿头巾
打开那扇挂满常青藤的小窗
珍藏你明眸样的星座吧
我知道
那是不属于我的
天空

5

草莓

熟落

一地深红

雀鸟叫卖

满嘴血腥

不愿屈膝

不愿俯首于炫目的

霓虹

草莓熟落的深红

你反身而去

步履匆匆

我不知前面是泥沼

还是荆丛

屈子临江

汤汤歌咏

晨曦再起

欲舞无剑

何须醉里挑灯

拔剑四顾

路途渺茫无终

6

栀子花

瀑布似的冲刷

早已遗忘了

清淳的

心

临崖抚石

问撼树长风

跌落的

是栀子花

还是额间淡淡的

愁痕

一如既往

嗓子还发着清音

驱马乘风疾驰

无暇回首

吟谷啸林

三

1

你会不会
也对这样的暮色伫立
凝神的刹那
会不会
也有同样的疼痛
深刺在心里

你会不会
也去找一个角落
推开悠远与嘈杂
在一首歌里
轻轻地把我想起

会不会
一盏灯下
无人的时候

也有同样的热泪
洒落在面前
这只浅浅的杯里

2

而那一直走在我前边
跟在我身后的
是谁啊
那始终伴我左右
同行搀扶我的
是谁啊
在匆匆走过的岁月里
那一直被梦着的
被写进诗里的
是谁

我怎么没想到
抬头看一看
怎么会拖到今天
才惊喜于
你陌生又熟悉的

容颜

3

是不是此刻

你也会含笑坐在灯下

想起一个人

会不会在忆念的时候

喜悦里

也有刹那的疼痛

在掌心

哗哗翻过的岁月

像拦不住的河流

只有我知道　哪里是

奔涌不息的源头

是不是在翻阅一本书的时候

你也有过片刻的停留

疑惑的日子

是不是也有唱片飞转

如时光倒流

无声的静谧

是无法抗拒的忧愁

而在欢声笑语里

只有我听见

那些心碎

只有我知道

那心碎是为谁

4

其实　我一直

进行着没有对象的对话

灵魂中的对手

便一直喋喋不休

对着空无发问

和流泪

一如我始终　念着

那个并不存在的

爱人

在生命这张

脆弱的纸上

我已把他

涂了又描

最美的画

依旧最难表达

为相遇而奔走的路上

必定有些什么在生长

不然为什么岔道遍布

独独你我

没有错过　没有迷失方向

5

我入迷地看着

冰如何悄悄地化

树如何悄悄地生长

想象着地球的那一端

雪如何悄悄地下

河流如何在一夜间

悄悄地结冰

面对迷人的世界呵

我悄悄地等

看着太阳如何悄悄地拥我

如何传送它的柔情

我毫不迟疑地走

并悄悄留心身旁

悄悄走近的你

和你悄悄的脚步声

6

默祷的钟声里

有一辆列车

从南到北

从白到黑再到黎明

列车里熟睡的你啊

会不会为一声呼唤

惊醒

车窗外的黑夜

恍若　昨梦

今生无法结束的

是为谁的旅程

从一年穿过一年啊

驻足凝眸时

是不是也有疲倦

是你必经的站台

站台过后

依然是无法拒绝的前路

而前路　是不是因为有雨

便异常迷蒙

四

1

无数启程的日子

像今夜璀璨的群星

跃动的蓝色

是天空扬起的旗帜

我知道

一步　就是开始

注定和往常一样

这段独白没人聆听

黑暗中相遇的

是一样沉默的魂灵

多年以来

肩上驭着疾风

也驭着一样的寒冷

一个出发便是一次再生

一条路当然就是

一场生命

匆匆地行走

略去的何止风景

多少次都忘了回头

看看谁在注视

并一直静默无言地

与我同行

2

踏雪而行

想旧事或许成了

今日的苍茫

多年搁置的心情
暮野的风中
又被谁奏响

以后再以后
在没人知的子夜
悬成一条锁链的
原是身后
摆脱不掉的清影
每一岔道
每一山路的拐角处
不期而遇的
原也是这份似曾相识的
淡淡的
忧伤

3

错过你的时候
就想到了
其实
必定会有这次重逢

意料外的

只是

隔了几重山

几重路

苍老的声音唤出的

依旧是年少时的乳名

漫漫黄沙

省略了迢遥来路

微白的双鬓

却注释着

朔风的冰冷

时隐时现的

你沧桑的声音

怎么像一柄箭

击中一些时光

一沓不忍卒读的

篇章

一阵不及整理的

难言的

疼痛

4

无月的行程
总是这般苦涩
装进背囊的
不是所有
地上不正遗落着
寂寞的身影

笛声响在背后
是谁踟蹰不语　颔首倾听
辉煌的万家灯火呵
却不是为我送行
多少年坎坷行程
不及一句轻声的问候
正如最美的
总是最后　总是最后
你倾心的笑容

5

只是背过身去

在风口

只是悄然问自己

背负着这份别离的痛楚

该以怎样的心情

该怎样打点行装

以怎样的目光回视家门

多少次挥别送行

就多少次放不下

此生的梦境

踏上没有归途的旅程

对擦肩而过的命运

轻轻一笑

迎面击来的寒风

怎折得断

千年的铁树

漫天飞雪

怎压得弯

挺拔的山峰

远处澄明的灯光

熟悉又陌生

只是　只是悄然转身

在风口

任温馨划过心

像一颗存在过

又逝去的

彗星

6

所有　所有人都离去了

这条平常的旅程

寂寥岁月

踽踽独行

所有　所有的都放弃了

这个人总不肯舍下

那只手举的灯盏

那个憧憬

那份最初的忠诚

还会有后来人的

会有人乐于捡拾脚印

潮涌潮落间

海滩上总聚集着

贝壳收藏者的匆忙身影

还会有后来人么

苍苍茫茫

芸芸众生

哪里去找　去复制

再造一个前卫

和他

不可替代的

英勇

五

1

尘沙的声音

是一场战争

攥有陨星的碎片

永远是
紧握双拳
背对风景
任迎面狂风
划过
翻跃奔涌

有多少美好
来不及实现
而那些转身远去的幸福
总是深刻又简单

年年如是

潮涨潮落的生活
像看不见的航行
是谁
雕塑了我冷峻的面容

2

万物复苏

冬天只留下远逝的背影
我徒然追忆
在每一岔路踌躇

清霜遮盖了的心事
画不出来
树还是去年的姿态
像在完成一项证明

岔路上只有足迹
任谁去辨认
那些匆匆闪逝的梦想
单薄　神秘
仿佛信语
却无从倾听

要走到什么地方
才能幡然醒悟
虽然早已深深知道
是什么使我辗转、跋涉
使我心灵如此

痛楚

3

请退后一步

让开路

请别率肆虐西风

吹灭我手中的蜡烛

以一千种方式

存在

而选择只能一种

不能僭越

犹如真理

一千条路

有一条

必得走到底

请让开

让这火通行

让她成为照耀

成为永恒

4

所有所有都会消失

云淡风轻

那些曾经年轻过的句子

也早已被岁月

或浅或深

删改了

起初清鲜的面容

雨还是飘下来

风还是要吹干泪水

而那条看不见的河流

也还是要在胸中奔涌

我还是要坚持倾诉

与四周的哑默　冷寂

或者在重复不停的航程里

再一次开始

学习面对风雨

如何展开双翅

如何默默地飞行

六

1

我要把你藏在
最深最深的地方
那个被叫作心的房子里
然后掩上门
过平静的日子
偶尔也会笑出声来
而在幢幢人影里
懂得我灵魂悲伤的
只有那个
被我揣在胸膛的人

我还要把你藏在
最远最远的地方
远到
使我无法想念
让岁月的湍流挟着
所有人的面影
但唯独不要你的容颜闪现

漂泊的生命脆弱
一次揣想便是一场死亡
便是抵不住的一次次的
锥心

2

其实心中
并没有一种可以说出的忧伤
只是风起时有些痛
蔓延的西风呼啸而过
人流如潮
荆棘不能生长
想喊的时候便飞快地走
满街的面孔
是一阵阵冷冷的风

这个广场依旧人影幢幢
又一阵汽笛划过
而什么掉下来
有金属的声音坠落
我仔细辨认着

那些碎裂

那些因碎裂发出的

美丽的声响

到最后　最后的最后

生命不过就是一场握别

不过就是一声鸣笛

和一次最后的碎裂

当所有辉煌的情节都已了结

只剩下空寂的站台　在最后

目送一去不返的列车

驰出这宽广的世界

3

已经有什么流逝着

命运的水纹

在手上

昔日匆忙的解释

我怎会看不见

你掌心深刻的刀伤

火燃起　复烧成灰烬
而我　站在对岸
迟疑更站在
离你不远的地方
要如何才能
举起那面旗帜
以飒飒的翻卷
回应扑面的朔风

要如何才能在失望的时候
也能不失英勇
先按捺住这一切
为能再从烈焰里
铸一个诞生

4
还是不要提起吧
只把这首歌
留在最后
淡淡的日子里
一些淡淡的失望呵

是一份礼赠
但要做到
那首歌唱的
不要回头

再见了
让我们郑重地握别
从此分手
时光的含义呵
谁能了解
谁又能真正接受

还是不要提起吧

只是多年后的子夜
爆竹响起的时候
鬓发斑白的你
是不是也会准备相同的礼物
为年轻时的错过
深深记住：

青春不过是几次相聚　相知
和一些坚贞的守候
生命原本不过是
由滴水汇成的河流

七

万种声音里
我知道
有一种声音
已再说不出原意
如此呵
注定被击碎的巨浪
为什么还要澎湃而起

在这样的步伐里
什么是永远
不变的难道只是：
我重复地说
但还没有说出
最想说的那句

这样的行程
其实只有一个目的

身后的合唱
对我
又是一场分别呵
占据我整整一生的
恰是这样
寻找不辍
又无从弥补的
距离

八

1
面对草原
像看见自己的怀念
前世的我
是否也披一条红头巾
提着奶罐
走过那扇紧闭的栅栏

远去的马蹄与背影
凝结了她所有的悲欢
月光照过的影子
在帐篷上面
等待与遥望的
红头巾
草原风里
飘扬在她的胸前

告诉我
这难道也是中途
那么　哪里是我
灵魂的家园
生命是一次远足
这辈子都用于寻找了
我们在地面的时光
总是这样短暂

2

远牧的岁月
我一定是那个

执鞭的少女

朔望与凝睇间

野荞花云一样

开在梦里

勒勒车上

端坐着我的爱人

让人心疼的目光

像一把火

三叶草呵三叶草

你承负的晨露里

为什么有那样的斑斓

唤醒我

兀鹰的飞翔

难道会不是他的魂魄

滚滚风涛

茫茫烟波

放逐的夜晚

唯有心烛

灼痛胸口

而除了胸口

又哪里藏得起

这份奔波

3

干涸的海底

长满水草

经历了多少万年

上升为陆地

而我们被冲上来

留守　然后

隐匿

那些散落的章句

是走过的长长足印吗

或是飞鸟在天空

划过的淡淡痕迹

那些熟悉的伤痛

不敢提起

在另一个杳渺的疆域

我念着什么

有谁会看到我的哭泣

陌生与熟识的轮回

多少世纪

直到今朝

今朝

风一样地

流浪与迁徙

4

从不曾想

命运会迎面驰来

如同不相信

水中倒影

那张

面容

布满阡陌

忘了是谁提醒我

寻找那方湖泊

让我站在雏菊丛生的水湄

看清一生的跋涉

看清脚底

因赶路铺满的

坚硬的花朵

为我保守千年的秘密

终于吐露

沓沓的蹄声

飞越生命

此岸尘世呵

我怎么会是一声叮咛

而不是那个勒马西望的

独骑

和他眼里遍野的

烽火

那样的身影

立定风中

从不问

唱给他的

是哪一支飞鸟的歌

九

1

在海王星与深不可测的

黑暗中间

划出轻盈的蔚蓝

旋转的后面

谁能看见　那份寻找

掩饰着的不安

又一个新的星座

被一双凡人的手

擦亮

它的名字

它不可轻吐的秘密

含在谁的唇边

不要轻易说出
那个故事
那颗历经千劫
却百难不死的
灵魂
不要告诉我
包括目的
包括命运

我相信
有一种秩序
早已将终身拟定
虽然我用一生
用一生
都在等待它缓慢的
来临

2

那一定也是
一个宇宙
时间以外

视线以外
只有伫立彼岸的人
才能看见
在看见它的人中间
只有少数人
会因它醉人的美
止不住心颤

远古海啸的遗迹
火山熔岩的波浪
几经裂变的
沧桑的皱纹
在沉醉的人群里
只有一个人
会突然沉默地
用手按住
疼痛的心

什么时候
火焰凝结为岩石
海浪变成了灰烬

风尘仆仆的故事呵
在那些波涛上奔跑着的
是不是就是
我的命运

大漠深秋
谁是我
醒着的静默
谁是那个
猝然心痛
又背过身去
迎风走着的人

3

山岩建成的房舍
又失散为山岩
冥王的宫殿
途中漂流
凄烈的杀声退回梦里
静静地安眠

化为灰烬的不只是铁
那辆驰骋的战车
已瘦骨嶙峋
失落的王冠
一半埋进泥土
冠顶的明珠
一尘不染

昔日的征战
是斜挂在马鞍上的
那柄荣耀
仿佛酣战后的一次不经心
凌冽的寒光
刺透光阴
是哪位将军伴着
敌人淋漓的滴血睡眠
哪位将军
以地为枕

不被记录的战斗与
不在名册的勇士

亿万光年的距离

遗忘或沉湎

最后只剩我一人

在最后的城堡　坚持相信

守候

千年不遇的机会

终将来临的一天

4

其实不必说出

那个我轻轻藏起的名字

默祷的誓词

早变成剑上的字

是什么在门外响

风逝过的道路

没有足迹

是谁会在这时候

跃上战马

告诉我

是谁的斗篷
掀起狂澜

星光之外
是不是还有别的火
没有说出的话
是不是就是明明灭灭
风吹灯花

前路寂寥
谁能与我一同走
一起出发
谁能如我
千百次拂拭面前的剑
把誓言攥在手心

沉默地看它如何挣扎
如何从指缝间
长出火焰

本诗刊于《芳草》2021年第1期

《刹那》选录8首

一

我独步银河

为的是溅起星星

照亮这段最暗的旅程

二

水追逐着水

一个修行的人

面水而坐

默然不语

三

请握住我的手

还有肩膀

再请握住我的乳房

请问它是否像今夜皎洁的月亮

四

把玫瑰写在额上

你就能在地狱中穿行

五

诗

是对话

与不存在的爱人

六

将怨愤的芒刺

转变为黑夜星光

你必须有此能量

七

一扇窄门

如一道光

但已足够

足够我

侧身穿行

八

嗯，这一切安详宁馨

带皮的土豆

紫色的洋葱

西红柿和牛尾在炉上沸腾

昨夜的诗稿散落于

乡间庭院里的

长凳

本诗见诗集《刹那》(浙江文艺出版社，2021年)

暗火

我听到岩石的尖叫

我看见一阵疾风在尖叫上

奔跑

我听见炭与火

密语的争辩

我触到灼热

在一片薄弱中

我看见那些四散的汉字

重又在身上慢慢

聚拢

听

你寄居的王国

谁用古老的血液

彻夜打铁

怎样的话语

如一枚闪亮的铆钉

驻扎进

这夜的寂静

本诗刊于《诗刊》2018年第24期

诞生

我渴望看到

诗人的

面庞

当她写下“爱”时的

神情

她的嘴角微微

上移的

弧度

引来

星辰注目

我怜惜
当她写下“苦”
脸上的
不易察觉的
愁容
我爱她轻盈的笔尖
划过纸上的
一瞬
衣袂掠过夜风
宛如寻找一个词的
艰辛
我爱她俯身的侧影
爱她的受孕
笔下的诞生
一如我爱
她的诉说
爱这世上
难以表达的
爱的
疼痛

淬火

我看见她小心地
把手伸入
矿井
八百米
一千米
还要更深的土层
触到硬的矿脉
直到再也走不动
黑的、沉默的
铁一样的冷光
岩石般坚硬
我看见她
小心地敲击
矿石　拣选
黑的、沉默的

闷的、铿锵的

听它们在隧道里

发出轰隆隆的

响声

我看见她捡起一块

黑的、沉默的

重的、结实的

曾经的烈焰

烟火的纹理

幽闭的灵魂苍老

睡意蒙眬

我看见她手的温度

将矿石唤醒

钻木取火的耐心

点燃、还原

将烟变火

星光四射

而我最想看见的

是她如何

将火种

从地心取出

以一种洗礼的仪式

完成淬火

再将亘古的疼痛

揳成纸上的

一枚枚

铆钉

纸上

那纸上出现的

丘陵、湖泊、海洋

是谁人的建造

偌大的花园

蔷薇丛前

提着裙裾漫步的她

长椅上散落着

诗稿

那一行行字是

谁人的缔造

是谁轻握她的手

写下这一句

而不是那一句

是谁借助她的笔

在纸的荒漠上

滑翔出

绿意

谁使风吹

湖水涌动

微澜的低音

谁在聆听

而森林之中

漏下的点点阳光

必定有其深意

正如纸上

忽明忽暗的

话语

它如约前来

也稍纵即逝

一如

灵光的

葳蕤葱茏

省略

我只见到

最小的部分

小到小于一

比如最微弱的

火苗

最细小的

沙砾

暮春

一阵风吹过的

枝头

最小一朵樱花的

最轻微的战栗

由此我必得省略

根须

那庞大

无边的宇宙

省略茎干

运输

工具

还有枝丫

它们的话语

太过嘈杂

不够静寂

我只听到

最静的部分

静到

伸出的手臂

将这一束微熹

从暗色中

剥离

放在噪音之上

停止思想

连时针也删去

静，再静

屏住呼吸

把花香交还给花

把我交还给你

以上四首刊于《诗刊》2017年第19期

顺从

顺从于水

顺从它从高到低的

走势

它的谦卑

顺从于它陡峭处的

沉默与

不动声色

顺从于它的厚德

清明澄澈

顺从于水

顺从

它的平静坦荡

柔弱

顺从于它的宁馨

呼吸

圆润如丝

而又自由不羁

顺从

顺从于它的忍耐

淡泊

温情绵软

不离不弃

顺从于它的

富足

智慧

韧性

顺从于水

顺从它潮汐的

节律

顺从它的吐纳

秩序

宇宙的

某种神秘引力

顺从它经过的

滩涂　高山

平原　谷底

顺从那些

坎坷

沟壑

和歧途

或把歧途视作

另一种大道

并在大道上

弹剑

高歌

顺从于水

顺从于它的

坦然

顺从于它的

无色无味

它对远的渴望

对永恒的

信

顺从于水

顺从于它的

无限

无私

这液体的

黄金

顺从于水

顺从于它的

出处与

来路

速度

它的核心

顺从它

内里的

火焰

不经意间

缓慢地点燃

顺从于水

顺从于它的

难以称量

它的

不可阻挡

顺从于水

顺从于它的

隐忍

从容

大度

顺从于它的

至真的欢乐

它的

纯

顺从于水

顺从于它的恩宠

静美

顺从于它的

无畏

和

慈悲

重逢

我如何能够
细数出
事物的精微
低俯的草
长风中的楝树
诵经的灵魂的
美
我如何能够
说出真相
或者与之接近
地心的热
旧瓦上的云
一粒沙
一颗星子
在我胸中所占的

比重

我如何能够

描绘

雪莲的重蕊

婴儿的熟睡

青袍上的暗影

冰下的

水

我如何能够

画出

隐遁的翅膀

看不见的飞行

犹如说出

自由的

空、无

它的由来、面目

繁复与轻浮

我如何能够

在放下笔的时候

写出永恒

而后屏息

静听

那匹马
前来的蹄声
我已写了那么多
歧途或
陌路
又如何能够
错过
一个我骑在马上
与纸上的我
再度重逢

以上二首刊于《上海文学》2017年第5期

何向阳：诗人，学者，作家。中国作家协会主席团委员，享受国务院政府特殊津贴专家，中国作家协会创研部主任、研究员。出版有诗集《青衿》《锦瑟》《刹那》，散文集《思远道》《梦与马》《肩上是风》，长篇散文《自巴颜喀拉》《镜中水未逝》《万古丹山》，理论集《朝圣的故事或在路上》《夏娃备案》《立虹为记》《彼黍》《似你所见》，专著《人格论》等。主编“知识女性文丛”“百年中篇小说名家经典”等。作品入选《中国新文学大系》，被译为英、俄、韩、西班牙等多种语言。获第二届鲁迅文学奖、冯牧文学奖、庄重文文学奖、上海文学奖等。

杜涯的诗

河流

二十岁的那年春天
我曾去寻找一条河流
一条宽阔的静静流淌的河流
我相信它是我的前生

从童年起我就无数次看见它：
在瞬间的眼前，在梦中
只让我看见它：几秒钟的明亮
然后就渐渐消失了身影

那条大地上的孤独流淌的河流
它曾流过了怎样的月夜、白天？
它曾照耀过哪些山冈、树林、村庄？
又是怎样的年月带走了它，一去不返？

永远消失的光明的河流：我不曾找到
那年春天，我行走在无数条河流的河岸
无数的……然而它们不是逝去的从前：
它们不知道我今生的孤独、黑暗

泛着温暖的微波，静静地流淌
仿佛前生的月光，仿佛故乡
然而却总是瞬间的再现
我无数次的靠近使它始终成为远方

多年的时光已过：从二十岁到这个春天
我看到从那时起我就成为了两个：
一个在世间生活，读书、写作、睡眠
一个至今仍行走在远方的某条河流边

本诗刊于《诗刊》2002年第10期

无限

我曾经去过一些地方
我见过青螺一样的岛屿
东海上如同银色玻璃的月光，后来我
看到大海在正午的阳光下茫茫流淌
我曾走在春暮的豫西山中，山民磨镰、浇麦
蹲在门前，端着海碗，傻傻地望我
我看到油桐花在他们的庭院中
在山坡上正静静飘落
在秦岭，我看到无名的花开了
又落了。我站在繁花下，想它们
一定是为着什么事情
才来到这寂寞人间
我也曾走在数条江河边，两岸村落林立
人民种植，收割，吃饭，生病，老去
河水流去了，他们留下来，做梦，叹息

后来我去到了高原，看到了永不化的雪峰
原始森林在不远处绵延、沉默
我感到心中的泪水开始滴落
那一天我坐在雪峰下，望着天空湛蓝
不知道为什么会去到遥远的雪山
就像以往的岁月中不知道为什么
会去到其他地方
我记得有一年我坐在太行山上
晚风起了，夕阳开始沉落
连绵的群山在薄霭中渐渐隐去
我看到了西天闪耀的星光，接着在我头顶
满天的无边的繁星开始永恒闪烁

本诗刊于《诗刊》2006年第1期

高处

在从前，当我在清晨的熹光中醒来

树木翠绿，紧贴五月的山石
山榉和红桦树的光阴让小兽热爱
而在更高处，山崖陡峭，岩石排列
山峰已将庄严的影子印在青蓝的天空
很快，鸟声渐起，山谷明亮
群峰赛似壮丽，背面的天空
有如南风之家的巨大背景
我开始向高处攀登，五月的翠绿伴着我
一路闻听泉水，清风，鸟声
林木在远处森严，排列
并渐渐移向幽明的山谷
多少次我驻足，向森严和幽明里眺望
被它的绮丽、神秘和幻象诱惑
但我记着那高处：陡峭的山崖，巍峨的山峰
我记得幼年的经验，事物，芬芳，渴念
那是在五月，每当我向高处攀登
青春的荣耀的元素伴我同行
至爱者的面容在万物中隐现
当我望向高处：那万年无声，那缈蓝
在那里，时而触及星辰，满天星光垂挂
时而又峰峦明亮，孔雀的蓝衣铺展闪电

我知道，到达那高处还需要一段路程
而在我的脚下，年华已逝
两旁的树木迅速变换着季节
已然开花，俄而枯黄，继而落雪
许多的年岁已无声逝去了
像星辰在远处悄然黯灭
我知道我必须抛弃一切的形式
抛弃具体、日常，一切的物质、重量、形态
不再关注榆树的概念，生活的意义
我必须和自然的广在一起
和事物的存在、本心一起
现在，那高处依然庄严着天空
树木的青翠又一年伴着我
我必须在远离尘世和欢庆的地方攀爬
不再受景物幽明变幻的诱惑
我必须赶在日暮之前到达
——赶在衰朽与消散之前
因为一切都已如黎明的曙光显现：
到达那里，是到达万有的精神
到达那里，是到达纯粹之乡

本诗刊于《青年文学》2008年第7期

落日

西沉的落日里有永在的方向
它引导群树、晚霞、飞鸟的翅膀
清辉向暮垂落，山河也趋向壮丽
滚滚的星宿，它总是年年出现在岚霭里
在旷野上，在一条路的尽头，在远处的树林上
所有的事物都朝向了温暖，温暖而又惆怅

在许多的年月里，我总是想：
一年一年，落日是无法治愈的乡愁
它保存我的思念、流年，延伸我的眺望
那壮阔，那迢迢的远路，无法企及的故乡
当它在遥远的地平线上沉沉远去，我总是想：
这西沉的忧愁，旷世的无法治愈的永伤

但现在我愿意相信：落日是上帝的完美

是星系心中的爱、善、博大、光明
时间不老，星空永恒转动的见证
人世长河流泻、苦乐往复的恒常
当它在年年月月的深邃处光耀并圆满
它是完整，关于黎明，自然的光华、绽放、回返

我见过长江和运河上的落日
在过往里我见过秦岭上的落日
在五月我听到过落日里白杨林的轰响
也见到过向晚里秋天旷野的辽远、肃穆
我曾望着城外的落日而怆然泪下：
这落日下的山川、万事令人眷恋、悲怆

而人们依旧在日月里劳作、生活
沉默，和平，忍耐，世代生息
落日曾照耀他们的先人，照耀于城河和城墙
曾照耀柏拉图的古希腊和老子的春秋：而今一切何在?
远去了，那在漂泊中吟叹“黍离”的忧心诗人
远去了，那曾与日光争辉的哲人、圣者、思维

在落日里我想起过芳华过往

我想起世代的流转、更迭、云烟
凋败、黑暗、虚空，以及挣扎、希望、光芒
我想起时间的无情，人世的无常、空旷
我曾在落日的辉光中驻望，驻望又彷徨：
是继续流连、忧怅，还是就此离开？

一切都不会改变：落日里有白杨
有河流蜿蜒在大地，花开花谢，朝霞升起
有我年年于晚光中对落日的沉默伫望：
“你要去向哪里？你要去向哪里？”……迢遥的
落日，那是我永世的热爱，千年的浩叹
那是我留给自然的一个圆圆的无声的泪滴

现在，落日依旧是忧悒的思想、方向
当它在西天辽阔处庄严远去
它指引了众峰、霞光、生命、归宿
当我在清光中驻留、漫游，然后西沉、飞翔
一切都在落日里永留
一切也都在落日里苍茫、凋谢、永恒、温良……

本诗刊于《读诗》2016年第1期

致自然

一

当朝霞在东方展开壮丽的颜色
黎明将大地上的一切温和环绕
河岸和田野静谧地呈现，倏忽又阳光
照耀，大自然又一次高尚地绽放光华

那时我还年少，树林向我展开景象
道路宽厚地伸延，田野良善
每当我在地上悠游，走过初春的柳林
春天的气象漫布在丛林和岸边

星空总是在头顶高悬，缓慢转动
它笼罩又庇护，引领我脆弱之心
还有永恒的落日、黄昏，无邪的朝霞

它们一同教导我，教会我宽广，教我崇高

每当我感到孤独，或心灵受伤，我总是
去到深沉的自然，寻求安慰，得到疗治
那安栖之处，温厚之乡，在万般如风的时代
你给了我多少安宁、温煦、希冀的时光

二

我漫步在绿荫的大地，心有小小喜乐
忽而它又转入惆怅，当我看见落日
悠悠地远去，或一条河流在宽阔孤独地流淌
这万古的美和苍茫令我心伤，站在寂静中

有时繁花落地。有时是深秋，清晨的
原野上，落叶在泠泠地静静地坠落
风从那些树木间吹过；我站立不动
秋天令我疼痛。诸物也无情地逝去

给予我生命者也将给予我消亡
当我不再出现在所有的春天

白杨林，你是否记得我曾来过
圣洁的朝霞，你是否记得我的形象

风吹过平静的旷野
一切皆向前发展，温文地有限
在看不见的暗影、无形、流变中
在时间的法尺下，何物不是短暂？

三

而自然却从未离弃我，承载许多
我的青涩、孤独之年，它始终恒在
它陪伴，应答，环绕，抚慰
在春天的道路上，我益愈坚固、稳定

四季接续，它履行职责，以教师之心
教导我，使我获得纯正、洁净之教养
当它完成，伟大地沉默
我和万物的心性皆趋于温润、广阔

人们也从自然中获得更多的安康

他们种植、收获，亲近芬芳，信赖蔚蓝
高山已变为沧海，人的精神不息，因了
大地的坚固、可靠，风的刚健，树林仿佛光亮

自然从未向人类隐藏它的本质，它以
本心传达至柔、至善，塑造高远和细小之物
当诸事物获得各自的智性、品质，自然也
伟大地沉寂，我们各自肃穆，深深地敬畏

四

而我必将离去，永别现在和光华
唯有恩赐我这一切者永生，遍布群峰
其下的树巅和人的世界广阔而又柔情
而我将回到我的所来之地

我知道，在我去后，世界仍是斑斓
红旋花在每年的五月和七月盛放，田野芬芳
太阳仍旧每天从地平线升起，绽放光芒
大地宽厚，引领人们宁静，宽广，优异

记住我，丰蕴、辽阔的大地，树林
请记住我，壮丽、纯粹的朝霞，晚星
时间啊，你可否因为我的热爱而稍稍
停留？我的奉出是多么的有限，恍若微光

远方的世界又传来莫名的温柔呼唤
南风也吹来，轻抚我的伤心之年
远处的蔚蓝里融会事物的芬芳
大自然的永恒景象显现，深邃安栖

本诗刊于《扬子江诗刊》2019年第5期

未尽之路

路两边的宽宽林带又在风中飞舞、摇摆
婆娑的树影，匝地的、绵延的绿荫
更远方浓郁葳蕤，粉蓝并广阔
天空也总放出玫瑰色的温和温柔光亮

那是一条无始无终的路途
在一个早晨我踏上了它，春日正深
那时我尚年少，不知道它通向哪里
我独自走着，风雨相伴，云霞时常也隐现

什么样的召唤在远方的朦胧里时隐时响？
什么样的光亮在远方的迷离里始终恒在？
多么璀璨的星空在我头顶熠熠闪烁
远处的蔚蓝里也华美地忧郁，芬芳地惆怅

多年的时光已过去了
东霞丽丽，春去又回
风儿回荡，问我心中是否忧伤
云絮漫卷，问我心中是否忧伤似往年

我望着远处无尽的路途，那里
浓郁的林带在风中飞舞、摇摆——
我从未离开过这条无尽之路
风雨漫漫，我心中从未黯灭过理想

担忧于短暂，担忧于日落、完成、抵达

人世上桑田变幻，时光已苍茫
但那云霞在远处的辽阔粉红里透彻地光明
我从未在心中黯灭过理想之光

现在，我依然走在那条时风时雨的路上
倾听召唤，信赖光亮、芬芳
相信那广在的法则，沉静的力量
年复一年，河岸边的丛林向晨星致敬

幽寂地走行，我已然知道那条路通向哪里
我仰视庄严，不改变方向。我已不再关心
繁花还是落雪。“走下去”，像星系走向
命定的轨迹，已如肯定、鼓励，已如真理

本诗刊于《草堂》2020年第2期

物之声

夜里，秋虫的唧唧声从窗外
传来，我似乎听见它们在说：
“我们贪恋着浮生。现在我们
想到了回去，但时间已经太晚。”

白昼，木叶在树林中无声地凋零
我似乎听见它们的哀叹：
“我们贪恋着夏日轻梦。现在
我们想到了回去，但时间已经太晚。”

而在万物的凋零之中，我分明听见
一些不可见事物的低低叹息：
“我们贪恋着此在。当我们
想到了回去，时间已经太晚。”

大海涌动着，我听见它跳荡的声音：
“星空，我今世的对称、照映，
它夜夜都在头顶闪烁，等待着我，
现在，请让我回到它那里。”

白昼，我站在地面上，听见一种呼声
来自周围的群山、树林、夕阳，和不可见者
我听见它们齐声对我说：“我们在这里
已经太久。现在，请带我们回去。”

我站在地面上：我多想带着
它们，一同回去。回去是唯一轨迹。
但我望向四周：事物在消散
人世上风雨漫漫，时间已经太晚

向萧瑟处

时常地，我无端想到那里

那一带萧瑟之地，寥廓的零落
风，每日吹过凋残的树林
地面上的事物相继沉寂、忧郁
我在远处看着那里，心中渐渐安静
是什么在那萧瑟里，用宁静
安慰我，安慰我凋败的心灵
多年了，我在人类中，但我却总是看到
那所有的萧瑟处：一片萧森的密林
一条远处的林木萧条的延伸的河堤
夕阳的缓缓沉降里，大地的冷寂、沉郁
我一点点地脱离着人群，一年年地
向着那萧瑟处而去，我感到我和人世
和这个世界的距离，越来越远
那所有的萧瑟处，它们用辽阔的宁静
用深厚的温柔和宁和，也用深沉的拥抱
滋养我，温暖我，安抚我的脆弱
心灵的请求在萧瑟处永远不会被拒绝
沉静的萧瑟里有永久的温厚、宽阔
屋旁的高大茂密的树木落空了
风每日都在树间和树顶吹过
清晨的旷野上，淡薄雾气中飘着

最后的落叶：它们一定是在唤我
而我在萧瑟处，没有回来
许多年已过去了，我已不可能回来
我将会愈走愈远：向着更萧瑟处
现在，那萧瑟之地已日渐沉郁，呈现雪意
不久那里就会是风雪弥漫，苍茫一片
所有的事物都将会深深地沉寂
一条肃穆的道路已通向那里，而我将
踏上它：沿途的树木森严、矗立
我将走去，走去并深入、消失
向着那迷蒙、温暖、忧郁、静寂之地
向着那所有的萧瑟、苍茫、深邃、永寂处
我转向了那里。尽管，世界的道路纷繁、明丽

认识

我们低于朝霞
低于晨星和晚星

也低于落日，低于每一天
夕阳的辽阔绛红

我们低于星空
低于群星的亘古垂挂和转动
当天琴座高悬在头顶
我们低于它的璀璨、崇高

我们低于一株麦子
低于大麦、小麦和燕麦
在秋天的生长、丰盛、收获里
我们低于每一棵大豆、玉米、晚稻

我们低于一片树林
低于它的盛开、葳蕤、喧亮
它在秋天哗哗地，落空了叶片……
我们低于它的凋谢、凋零、凋败

我们低于雪
低于飞舞的雪和山顶上的雪
我们低于大地，当雪落在其中、万物上
使它们无边地苍茫、银白、萧寂

雪中的树

雪下了一天一夜后
屋旁的高大树木上全都落满了雪
茂密的枝条上，积着厚厚的纯白
——时间的梦境中盛开着白花
远处，街两旁，公园里，园林中
所有的树木都被雪厚厚地覆盖
大地上只剩下：相像的褐色和白色
一些树木用残存的黄叶在其间增加着美
所有的树木在雪中美而无言，无言地
纠正着地面上的无序、脏污、混乱
并为人世增加着安静而美的高度
在许多的寂静处，那些树木都在
雪中静静地立着：法桐树，银杏树
它们只是在雪中安静、温润静立
它们自己的美丽似乎自己不知

而我要感谢这些雪中的树木
在冬天之上，在人世之上
它们让我看到了安静、纯白、光芒
看到了世界的不曾离去的普遍的美和秩序
记得有一年雪后我从外地回乡
长途汽车缓行在银白的平原上
在那辽阔的平地上，处处是温宁的
褐色和白色：村庄，田野，河岸，以及
遍布地面的一片片的树木和树林
一路上，它们全都安静在雪中
用宁静，用辽阔，一遍遍地安慰着我
安慰着我的无尽颠沛，凋败的心
无边大地用银白、深广，用其中的诸多
沉默的事物，延伸、滋养着我的眺望、注目
多年了，生命中的上升部分我从不曾遗忘
那些安静的，始终陪伴我的心灵上行
而现在，在雪下了一天一夜后
我知道：我该到河流边去了
那里，树林茂密、绵延，它们
在雪中，用萧森，用静寂，在等着我
（多少次，我的心因河堤在雪中的银白横陈，

因雪中树林之上的萧森、广阔而疼痛）

我知道在树林的沉寂深处有怎样的温暖、宁静

也知道在树林之上，在那萧森、广阔里

有怎样的沉静、光明、永恒的路途

——它会带我离开得更高更远

而在去那里之前，我要先去看看街上的树

广场的树、湖边的树，我要记住它们的安静

我要长久地记住：比起繁闹之物

雪中的树带给我们的美和建构更多

……带给我们的纠正和重建更多

在世纪中的某一天

在世纪中的某一天

我在屋中坐着。透过距离的遥远

我看见了一些事物

我看见夏日的山冈和山坡，那里

数公里的叶林在阳光下闪着光亮
燠热的风吹来，它们激烈摇荡，轰然有声
顶上，蓝天正锋利地注视着山岭

我看见一带辽阔之地
在那里，树丛罗列，树林在风雨中
静默或摇动。河流宽阔地流淌。林带浓重。
上面，天穹辽阔，乌云密布，那些乌云
时常变幻，并在天空中正被风整体地运送

我看见在远处的旷野上
树林正在凋零，日夜地凋零
而在它们的凋零之外，我看到一些
无形之物，它们也在凋零
我听到它们的声音："我们要走了……"

我看见在辽阔的夜晚，天空暗蓝
在大地的尽头，人世的边缘处
一带光柱自天穹而下，抵于地面
那是时间的座钟，它一直都矗在那里
计算着万物和人类的时间

我看见夕阳缓缓沉降，大地冷寂
我看见一颗星闪耀夜空，带着
几百万年前的已经不存在的光亮

在世纪中的某一天里
我在屋中坐着，看着这些事物
我知道那些事情已经发生
正在发生或即将发生

我知道那些事物此时来到这里
是为了和我相见
或是为了来和我告别
而我，只能记下这一切
带着一些沉默的悲哀

远山

在梦中，它总是令我忧郁、震撼：

苍翠高拔，庄穆俨然，耸入云端
而当我醒来，朝霞、树林、繁花在眼前
烟声里，一切又皆是真实、景象、必然

真实的是一次次的大地上的行走、漫游
是春天的公路，路两边林带的喧亮
河流、蜿蜒、堤树的摇摆、宽阔的流淌
在雨中，在晴空下，铁路延伸，树木温润。而

远处是更温润、缥缈、朦胧的山体、树影、事物
于是远山在远方的朦胧里适时出现
当我一次次走向它，它是年年的等待、存在
当我于四季晨昏中走卧，它又千年悠悠、雍容

是什么在远山之上，在那幕布里沉静如信念
在那庄严陈列、巍巍高耸之上的一带天空里
是什么在那时空里静止，深沉，闪亮
给我永恒的提醒，内心的绝对高度、力量？

远山一定知道更多高处的秘密
一定听到过更多来自时空处的话语

当它于晨昏日夜里耸立在天空下
在人世的生活和世代凋谢之上

风雨中，一切皆逝，一切皆变
而它是永远的邀约，永远的承诺
它接纳、暂留我的杳渺、我的层峦叠嶂
嵯峨的悲怆、忧伤也总被林涛和南风抚慰

这大地上的耸立，横陈、绵延的沉穆
教师般教导我的思量、认知、注视
它苍郁地沉默，沉默地等待。而我是
短暂和离开。我也曾是巍峨、沉郁：在这里

一种深处的肃穆我终将说出：我曾经历
风雨沧变，但我不曾下降。如果心灵曾
持续上行，那是因为远山、树丛、云巅、星空
是因为有你，在这一切之上，在这一切之中

夜的拒绝

那时，旷野拥有无风的寂静
夜色拥有深沉的深厚、绵延
树林在夜的背景上朦胧
而夜在旷野上忧郁，也奇异地温暖

那是多年前，列车无故地
停在旷野，让我看到了那样的夜
它用深厚、绵延、温暖，呈现致命的诱惑
我感到我可以走入那种温暖，消失于

它的深厚、绵延。那时，我伏在黑暗的
车窗处，看着旷野上更黑暗深厚的夜
我听见自己心的低语：“请让我留在
这儿吧，我不愿再回到人群那里……”

而夜在旷野上沉默着，我低低地
恳求，它不回答，也不应许
它深沉地望我。我感到我是站在
旷野上，夜的入口处，但夜拒绝我进入

后来我又多次遇见那样的夜
在夜间的列车或长途汽车上
总是，当我被它黑暗深厚的温暖诱惑
它却拒绝我进入。而天边有什么正在消失

我是此处的一个诧异存在
至今我已明白原因、流变
至今我仍留在人群中
我清冽地、逐渐地成长

不能理解

他们理解不了植物的温柔谦卑，

就如同我不能理解人心的贪婪、残忍。

他们理解不了动物的温顺、善良，
同样，我也不能理解人性的邪恶、阴暗。

我不理解这个人世怎会变得愈来愈聪明，
就像它不理解我怎会如此笨拙。

我不理解人类为什么会有如此优越感，
认识不到自己只是万物之一，和万物平等，
甚至，还低于许多事物。

我不理解人类为何要在地球上折腾，
挖掘、试验、战争，毁坏其他物类的环境，
他们真以为地球不会生气、忍耐无期？

我不理解为何一座海中的荒岛会成为
战争的起因，许多生命因之而葬送，
我希望那座荒岛在一夜间沉入海洋中去。

我不理解人类为何不护好地球，珍惜地生活，

却总想着迁移到别的星球去，他们真以为
上帝会允许他们祸害完地球再去祸害别的球体？

我不理解现时为何复杂胜了简单，
聪明、圆熟胜了单纯、朴拙。

我不理解“时代”和“时代性”，因为我
一直都在远处，在“时代”之外。

我不理解“强大”“胜利”，
因为我一直都很微弱、失败。

最后，我不理解为何有人会把逮到的活鼠放在
热油锅上，并把它挣扎蹿爬的视频与人分享。
那只该死的老鼠，我为它感到痛苦。

邀请

请去往秋天的方向
白杨的金灯已点燃在路旁
夏天最后的风正从山坡上退走
椴树林却仍满坡动荡，轰然向上
它们骄傲地排列：在山冈
在那里，有多少单纯的少年的秋光
请去往秋天的方向
黄昏的星光于辽阔中凄清温暖
树林却层次斑斓，向内在的时空深邃
在上午，它们凋着孤独的秋叶
一世又一世：十月逝去了
但请相信，请去往秋天的方向
每个下午，风都驰过飘飒之地
把旷野的群树无畏地弹响
夕阳沉沉归去，横亘绵绵处
只余留有生之世纪的萧瑟温良

秋天的时间

层层树林的大地上时光凋零
无限宽广的零落的时间
万物都等待其中，安宁地凋败
此刻定有我某个清晨的忧郁余梦
此刻我明白我也是忧郁一物
“斑斓有你，凋零有你，
秋天的崇高有你”。
因而我懂得：秋天
曾经下降，如今持续地上行

此刻我置身于万物的缓慢温良中
我拥有陪伴和漫长告别的时间
一年又一年，我告别它们
每一次我站在这里，看见受伤的黄昏
也许我更多知道一点自然的秘密

知道在秋天的时间里，有何物在前
秋天其实是一条时空的隧道
万物必将进入其中，通过其中
万物也会在其中被改变
包括飘零之年，包括它们的无常的时间

某一时刻

那时，事物向我展开景象的宁阔：
树林罗列，空气温柔地淡红。
大地平坦而延伸。没有风。
树林、小河、深秋的田地，
一切都笼罩在淡红的空气中。

没有风。事物静寂着
但树林似在凋零。
天空，天空在上面：
一个微红朦胧的穹顶。

而树林似在旁边缓慢地凋零。

我看着那一切，坠入奇异的温暖：
似乎我可以进入那里，似乎
我可以通过那里而回到某地。
但它沉默着，没有召唤我进去。
没有风。事物静寂着。只是树林在凋零。

时间过去了多久？当那一切消失，
我仍坐在屋中：一切
只是我坐在书桌前的十来分钟。
但我确信：时空之门曾向我打开
向我展示了它的宽广、存在、未知秘密与无穷

嵩山之约

第一次见你我还年少
那时你在云中，壮丽到崇高

而我有更高拔的理想：它攀登
站在你的顶端我伸手摸到了天空

多少次我奔向你?
我理想如风，心如风
一年年，在你的群岭上
在更辽远的伏牛、秦岭、雪山上驰骋

如今我已知道：在我们人世之上
有多少更不可测的命定
你的上升对应于我的成长：
无物能超越于更高的法则、永恒之上

如今持久之物也让我懂得：我只是
一个短暂，不久后我就会是告别
宽阔者，愿你黛青。若有来生
愿你还记得今世的约定：

愿来世你我仍无邪，崇高如星
你还是你，我还是我
你仍是云中君
我仍是山上风……

十月

时常，楝树在我的窗外
摇响叶片：“看吧，看吧，
我是会思想的树，我的
叶片金黄，思想响亮。”

去岁，我辜负了它
没有理会它的召唤
后来我得知：法桐树伤心地
把自己的秋装一件一件脱下
全都扔在了大地的脚面上

每天，我都在屋中想着：
时空的某处会出现漏洞，暂时
世界的某处会失去秩序，暂时
人类会暂时走入一片河床，陷于淤泥

但最终会走出去：人类有人类的目的地

风又来了。我走出门去，看见
秋天仍在原地等着我
以它的丰富、层次、颜色
以它的覆盖在大地上的完整、光荣

信念

夜里，我向前寂寞地走着
群星跟在我的身后
或身旁、四周
它们始终不离不弃
一直围绕我的单纯，坚定地伴行

我走着漫长的夜路
带着浩瀚的群星
我不知道要去往哪里：前路漫漫无际

但我明白：我必须继续前行

我的身边跟着群星

我必须要把它们带到

某个必然存在的目的地

以上十四首刊于《诗歌月刊》2021年第4期

冬天的树林

我总是走进那片树林

在冬天的上午或者下午

我独自来到这里，脱尽叶片的

树林被阳光照着，四周充满

明亮而寒冷的空气

几只鸟雀飞去后，再听不到一点儿人声

一整个冬天都会是这样

风从树林的上空吹过

带有断木和枯草的气味
如果我这时抬头望去
会看到摇动的冬天、静止的天空
以及其他的某种东西
接着风住了
树林像记忆一样，一下子沉寂下来
这时我感到心中有什么在静静流去
我感到冬天里我不会再说出话来
有时，雪下了一天或者一夜
树林被雪覆盖，寂静无声，像世界一样
我站在雪地上，想起这个冬天
生命像阳光一样迅速流逝
想起一些人的死而我还活着
这时天空又飘起雪来，并且越来越大
于是我转身走开
把冬天的树林抛在身后，越来越远

桃花

最初看见桃花，是在我的幼年
那年春天，父亲和一群大人带着我
去给一个邻村的表哥上坟
走出那个村子，我便看见了
满园的桃花
当时我欢呼一声
一头扎进了桃林
那个上午，我在桃园中兔子一样
穿行着，桃花在我的头顶
开得绚烂而又宁静
猛然，我吃惊地站住
我看见父亲和那群大人
正坐在一座坟前哀哀地垂泪
一堆纸灰被风吹得
四处飘散，然后像黑色的蝴蝶

消失在桃花间

后来我知道，那座坟中

埋着我的从未谋面的表哥

他在十八岁那年死于一场疾病

那个春天，我记住了桃花

还有纸灰、坟墓、大人们的泪水

后来我注意到，在我们的村边

也有一大片硕大的桃园

每年，桃花都开得异常绚烂

那时，我常坐在门口

看着父亲走在路上

然后消失在桃林的那边

后来父亲死去，桃树也被一棵棵砍掉

如今许多年过去

那个地方不再有桃花开放

而故园的人也已相继老去

第一个夏天

不只是那一排浓荫的树木
它的延伸、喧响或光亮
不只是山中寂静的鲜花
山梁上的宁静而蔚蓝的天空
不只是倾斜的北斗、黄昏的长庚
不只是寺院里的晨钟
在晨风中空灵地敲响
不只是苜蓿、阳光、河流的奔腾流淌
它还是黑暗、缓慢、夜晚的独处
——思想的灰烬、幻想的尘土

一年

命运怎能改变白天或黑夜
怎能改变地上流水、树上繁花?
我只是不再为故乡和童年流泪
百木如期凋零，我不再伤悲

十二月来了，风在旷野上游荡
在长堤和树林中呼啸
而在远处的河流上
芦苇白茫茫地摇动在河床

你无法改变流逝，也无法改变我——
我头顶的蓝天
我昨夜的黑暗
我成长的欢乐、苦难
我的痛苦，我的尘土

我在冬夜里写下的书

以上四首刊于《诗选刊》2019年第4期

春中

流变中有沉定不移的守常
年年此时，风沿着新荫的道路吹来
草木的纯洁信心也被容许返还

南边的河堤上，柳树林带摇动，它们
绰异的，缥缈的，清扬的身影在风中飘摇
泠泠空气也在清凉的枝杈间游动

而在它们的摇动之上，是几千里的蔚蓝
日升又日落，四季、星空、黎明的转动里
是谁给了这恒常的诺言（如天空的终古不变）：

在辽阔的蔚蓝之下，人世之春又一次汇聚
城中桃李盛放，城外碧草初生，蔓延
路边，紫叶李和杜梨在信赖中更替了芳华

城市的十字路口处，车水马龙，人声喧腾
春天中，万物都有一种向上的力量
万物之心的意志是向荣、生辉，是昂扬

我站立在春天之中，听见一种声音于风中回荡：
“这里的人、树、花草、牲畜，一切事物都会逝去，
但毋庸置疑，它们中的一些还会再来。”

而身边，风吹过的林中，一声鸟鸣正清亮地响起
悠远、空灵，像春之声，像宽广的白昼
飘扬在人世的赞同之上，相信之上

晚秋之思

我知道我不该去想此时人世上的万木凋落
不该去想木叶落在树林边、落在晨雾中时
的宁静，那种浓郁、迷离。不该去想：在落叶之外
在身外的世界上，一些不可见事物的无声凋零

我知道我不该去想：到了冬天，雪常会在下午落下
不该去想雪落在旷野上、落在树林中时
的静寂，那种迷蒙的温暖。不该去想：
雪中的树林，无边的静野，远处山峦的苍茫

每天，我都站在这里，站在树木身边
看见辽阔的地面，永恒的日落
风吹过远处、云岚、山河、万物
我站在这里眺望，眺望如怀想

有时我坐在夜车上，穿过夜晚暗沉沉的辽阔大地
有时我站在窗前，望见远处的熠熠星空
更多的时候我站在树影下，犹疑地徘徊
我徘徊在长路上、河岸旁、人世的漫漫时光

我时常想：我为什么会来到这里，伤心忧悒？
生命一场，我是否已深知永恒和流变？
是否懂得了持久，更高的法则、力量？
落日西沉，为何我还滞留此地，孤独、疼痛、彷徨？

我徘徊在长路上，然后我望见：在你的地方
在你的乡园，天空深处，林木庄严，树木深沉崇高
于是我知道：你的方向肃穆、永在
而我惭愧于还远远未完成我的霞光

时常，我望着幽朦远处，那里云路深邃，迢遥
我知道，我在地面上的行走还不够，忧郁不够
我持续。而风也总会在温厚中吹过苍郁的林木
陪伴时岁的刚健、深沉、永去、和孤独

以上二首刊于《星星》2020年第26期

致秋天（一）

你用坚持来让我看到坚定之心吗?
丰满、美丽的秋天
我走过浓郁的原野
看到杨树成片排列着新黄
柳树也黄华点点
我站立，微微地感到惊讶——
这么多年了，你竟然一直在那里

你沉静地到来，准时地出现
你的存在像是提示：一切都将逝去
但终有一些事物会回来，或留在原地
我望着原野上澄澈的你
望着树林处一日日浓郁、斑斓的你
我感觉到一种可靠，一种不变的恒常
一种事物之光“永在”或“永存”的可能

你的“仍在”是对我的奖励？
许多年已过去了，你和我都没有改变
我肯定了世界，也逐渐被世界肯定
我获得了安定，在你一年年的到来和持续中

在你的华筵、斑斓中，在你的奢华馈赠里
获得丰盛的是原野上的杨树、柳树
是我和事物的年岁，我和事物的心……它们
或在夜里沉实、坚定，或在白昼轻扬，漫卷如云

致秋天（二）

湖岸宁静，众树绚烂
原野庄严地美丽，事物也重聚
当一切于岁月的中途放下骄傲，向往友善
秋天，不是你的美德、你的高尚使它们温柔？

当傍晚的星光从高处洒落下来

当清晨的光亮又使白昼现出丰富、温和
秋天，我又看见你在大地深沉的华美，铺展丰乐
银杏和白杨也在众树中获得尊贵

我环视周围，一切皆是斑斓
一切皆是你所带来的宁静之光
当生命经历了坎坷，又如波浪归来
那至爱者用永恒的美和宁乡恩赐我

自然也赋予我许多，使我成为它的骄傲
自然始终陪伴，我也益愈稳固
落叶在每年的秋风中纷坠、旋转
那安住于我内心的，从没有什么能够夺走

所有时光带走的，你如今又都带来
人世喜乐、丰盈、多汁，事物相逢又相拥
当你如时而来，在街的拐角、在树林边闪现
我心微疼，并转向那稳定、恒常之物

气候下降，我却知道有什么在上升，永不消逝
在你枝叶斑斓、层叠的地方，秋天

在林木伸延的笔直里，我望向那永恒之处
事物之光汇聚、相伴、安栖之处

相信

相信黎明，相信风，相信五月的晨曦、树丛
当黄莺啼啭，相信它直入云端的清鸣

相信树林的喧哗，它在风中的喧响使我
渐渐宁静：安宁的自然，永栖我心

就如同我在少年时，走在离家求学的路上
一条绿荫垂挂的长堤，它的浓郁葳蕤伴着我

我相信着前路上的迷离、朦胧，忧伤光亮
远方云霞的透彻，远方的华美、广阔、芬芳、昂扬

年复一年，风雨变幻，前路幽明而又惆怅

而我始终走向那召唤，从未改变方向

我相信落日的永在，黄昏的铺展、伸延
相信朝霞的壮美、环绕、光华、拥抱

相信秦岭向远方的苍茫绵延
和南迦巴瓦峰上的那一带永恒之光

澜沧江，当你在亚洲的土地上蜿蜒流淌
我相信你的奔腾、宽阔、明亮、悠远

相信人世，相信人类之光，事物之光，世界的
光辉永远在那里，从来也未曾消失，未曾暗弱

相信战争、饥荒、瘟疫虽暗如黑洞，但仍有人性之光
可以从彼处逃逸，并闪耀于一次次的重建、修复

相信春天的永久回归。相信这里的人、树、花草
飞鸟和牲畜，它们中的一些逝去后还会再来

相信星云，恒星的持续诞生，年轻

相信人类消亡后，太阳消亡后，宇宙中

仍有永恒的光明存在，漫漫绵绵
相信宇宙之心的刚健、深沉、坚定

一生中是这样：每当我低沉、怀疑，而你始终在那里
你充满、垂落、环绕，于是我又重新回到信赖

现在，我依然走在那条少年之路上，仰望着方向
而“相信”“持续”“稳固”，已在我心中永驻

五月之诗

上午，一只鸟儿在繁茂树丛间啼着
婉转、悠远，它一声接一声地啼鸣
仿佛在说：“人世无常，人世也永续”

五月，紫楝花繁盛地开了，持续着

它在人间的事业。四周响起树林的
喧声，忽而浩荡忽而沉寂：世界上起了风

我又在心中看见了那座山峰，它在
头顶无限高的深蓝的天空耸立
沉默而闪耀。我低下头，忍住心中的疼痛

到了夜晚，星空又在头顶高悬
辽阔而又闪烁，它终古不变地沉静
有时我仿佛听见来自它深处的低沉声音：回来吧

有时我坐在火车上，看见风中的森林
或莽苍的群山，它们连绵地涌向天边
我听见自己心中怅然的声音：“我该何去何从？”

紫楝花盛开又落下，时光的轮子碾过——
我依旧站在这里，眺望着西沉的落日
眺望青天，眺望永恒，以及永恒里的面影

年复一年，我在地上耽留，继续着缥缈的事业
当风又一年吹过林木，我感觉到心中的孤独、忧郁

但当我转向群峰，便瞬间宁静：我知道你还在等着我

我必须耽留，将缥缈的事业继续，在日落之前
或在落日的缥缈、虚无、悠远、恒久中。而地面
无边的碧绿，树林如波浪翻涌，世界上起了风

风中

风中，树林错开了一道明亮的缝隙
我看到了另一个世界，在那里

我也曾在永恒落日处看到它
在山峰之上的静明天空里

云霞之所，道路尽头，蔚蓝深处
森林翻涌如波浪，向山影涌去

（曾经以为我能够找到你：在时光，在山水曾经以为你也

来在了人世

你：天之琴，云之子，山之峰）

而我总能够看见它，深沉的它

人世的孤独被环绕，被应答，被抚慰

星空一样崇高，忧伤

故乡一样邈远，无迹

我有时悠游，走动，世界上是多么空旷

有时我停下脚步，忽然垂首，热泪盈眶

而远处的树梢又在晃动

风，从另一个世界来的风

吹过那里，它给我带来那个世界的讯息

所以我要回去了。陪伴我的是时间的风

坚实的风，可靠的风，刚健的风

也是环绕的风，浩荡的风，深沉的风

而人世有几千的山水，也便有几千的忧郁

我在秋天里认出……

我在秋天里认出你的形象
在寥廓天幕的纯蓝里望见至高和庄严
当你的影像在一切的丰美、绚烂里显露
万物也将永恒的美作为尺度

我犹疑在自己的有限中
犹疑在十月的树林和草木边
我执着于自身的短暂
时常看不清事物的长久和接续

但是，秋天却准时地悄然而来
我出门，看见叶子在树梢上斑斓
听见秋风吹在世界上，天际明亮
于是我知道：你在

时光严肃，所去之处深不可测
法桐和银杏树上挂满即将下坠之物
而你在，在万有之上，也在万有之中
于是我有别于所有坠落之物，单纯地上升

那未知世界仍在远处闪烁，它遥远又
幽明、缥缈，但我依然向往，伫望
而时间也会在秋天里宽广内心的法则
在所有的必须流逝中，把那简单之物留住

以上六首刊于《扬子江诗刊》2018年第1期

八月之启

犹如树丛

犹如树丛，在夏天，繁茂如广厦
遮护了卑微的蛾、清高的蝉、不安分的鸟类

领受使命，它努力使自己幽暗、阴凉、宽容
在夏天，它是它们广阔、烂漫的祖国

犹如雨，倾洒在大地，人类和诸物都安憩
常常地，世界所得到的庇护，万物所
得到的庇护，永远等于雨，甚至多于雨
也多于我们对辩证性的相信或疑虑

而我们升入纯蓝。犹如我知道的
规律性：一种向上的事物，只要不停止
生长或成长，便会逐年上升
伟大的上升者也是伟大的造境人

犹如大海，平静或涌动，也造一个深厚境
它在人世上，在万古中，等待一个对等
它每天目送落日，然后等待并迎来星空
它的前世的深邃心，今世的对称、映照……

蝉鸣时光

蝉在夏日的烟影中啼鸣

一件自然的乐器弹响
时间、宇宙、光明，被热烈颂唱
世界获得高尚、纯粹的教养

它一年年在树丛间
在群树之颠发声
引导人类的眼光向上
向上是天空，是崇高，是神圣

穿越历史，它成为语言建构的图像
它存在，用坚执的鸣声告知时空：
想要世界肯定自己
就先要去对世界进行肯定

它来自黑暗的地下，褪去黯淡的
蝉蜕，它啼鸣，赞颂阳光
它深知黑暗，但面对世界
它知道它必须鼓励，必须肯定

那乃是：
它来到世间的事业，它的使命

一识

一段河堤上的林荫弯道
带我走入往昔：
春天，夏天，鸟啼，蝴蝶翩飞
风从宽阔浓绿的柳树林带间吹过
林带发出幽暗阴凉的娑娑声
地上野花的种类高于识字课本

每当我走过，都看到一些人在堤外的田地上
劳作，似乎他们一直都在那里，从来没有离开过

而今，许多时光已逝去了
许多事情都已改变
那些蜂蝶、柳树、人们都离去了，再也没有回来
有时我站在堤上新的林荫路上发呆：上帝，我虚度
了一生，我多想回到幼年之春，时间的开端，原点

但我知道，一切皆无可能
我知道许多时光已逝去了

在我身外，时间已改变了人类的内心，世界的表面
时间也最终会松开发条，让山峰渐渐地沉没于沧海

八月

海声是一条从七月到八月的走廊
海声中的动人时光携万汇穿行
桂花树在月上制香
在地上落花
一些人在大地上劳作，像举行一种
传统的仪式。世代在这里永栖。

树丛如幽暗的广厦
在夏天，它们庇护了普遍的蝉
和诸多的清高寒士。蝴蝶和螽斯都无虞。

大地上的旋覆花如杯如被
晚上，群星排布在深邃的夜空，安静地熠熠

它们万年不动，不去，不飞
等着我向着它们上升

风雨

在八月，事物都生长出经验的缤纷
法桐树比枫杨多出了几米自信和高度
它们的时间、摇动、到来会被认可
它们枝叶间的破碎也会有合适之物填充

风吹过岸边的树林，声波犹疑、缓慢
犹如我从相信人世到不相信人世
只用了几个月，而从不相信再到
相信，却用了整整十年

堤岸向远，人们离去时万物和平
在这风雨的人世上
我知道，我必须独行
并接受你更高的不可见的天命引领

八月之启

八月有两条道路，一条通往山峰

一条通往远处里的幽眇无尽

雨水和云彩是会唱歌的伙伴
路过的每一个村庄路口都浓荫如盖

八月有两个疼痛，一个名大地
一个名总在边陲弹奏流光的远方

一条江在大地和崇山间流淌
它白昼叫奔腾，夜晚叫呼唤

雪峰沉默耸立，心中生起慈爱和等待
天空和云雾在高处飘过了万年

雨水和云彩飘浮在故乡的村庄之上
我知道暂时我还须留在河岸旁

我知道天空总在八月晴阴，在晴朗深邃处，或
阴云密布里，劳作者会看见隐隐的大门

那里有静明光亮，有许多高大梨树，梨花

树树簇放：我安静，我曾在少年时梦中回到天堂

他们仍在大地上生息，村庄和河岸也努力
八月即是世代，岁月即是久长

大地上滚过一种命定，一切事物皆在其中
但抬头望见那扇大门者可以获得重生

一带云霞静浮在远处的天空
我知道八月里到来的一切都不会枉然

八月微思

八月的水，八月的星
八月的深广大地与纯银

光明与阴影并存
但生长中储藏，宽厚中承载

八月的星闪耀，八月的门打开
一些事物必须在暗默中回去

一些事物则会留下来，沉入
地下，成为铜、铁，成为矿脉

我们的生命因它们而延续
也将会因它们的消失而衰萎、消亡

八月的星闪耀，银河流淌
事物和事物终会在漫长行走的时光中相逢

本诗刊于《星星》2021年第7期

杜涯：河南许昌人，河南省作协副主席。在《诗刊》《星星》《人民文学》《大家》《作家》《天涯》《作品》《莽原》等刊物发表大量诗歌作品。出版诗集《风用它明亮的翅膀》《杜涯诗选》《落日与朝霞》，长篇小说《夜芳华》。诗作入选《百年中国文学经典》《北大年选诗歌卷》等多种选本。曾获由《诗刊》社等四家单位主办的“新世纪十佳青年女诗人”奖、“新世纪十佳青年女诗人”称号、刘丽安诗歌奖、《诗探索》年度诗人奖、首届紫金·江苏文学期刊优秀作品奖，诗集《落日与朝霞》获中国作家协会颁发的第七届鲁迅文学奖诗歌奖。

蓝蓝的诗

海之书

我已醒来

我已醒来。我的头脑里
森林已经长成。
我的骑手已从中穿越黎明。

山谷里丝柏浓烈的芬芳
充满空气，为你呼吸的狩猎
安排了礼物。

我将成为晨祷的钟声
踏着波浪冲进你的房屋。

你餐桌上的盘子

将发现我的柔软，你的刀叉
将使我成为你奔涌的血液。

大海播放它粼粼的唱片

大海播放它粼粼的密纹唱片：
有人从海上回来了。

什么是从天空的无形中升起的云朵？
什么是赋予海鸥飞翔的真理？

我从大海宁静的脸上看到
两条蓝色的小鱼游进你的眼睛。

多么巨大的月光的网
在捕捉我们跳动的青春。

藏在港口灯塔下的一支铅笔
今晚仍在书写波浪上的星光。

只有鱼群涌向海底奔腾的河流

记忆之手在那里的暗房
冲洗出你腰肢的起伏。

我一度曾抓住这队岛屿
驶向永恒的龙骨，用我那
和幸福焊在一起的双手；

我的脚记得岩石的滚烫
在海浪撞击下快乐的叫喊。

直到绯红的黎明在一支歌里破晓
赤裸少年分腿骑上
七月奔跑的早晨。

什么是驶进脑海的帆船？
什么是双唇抚平大海的力量？

圆形的宇宙一圈圈播放它的
密纹唱片：一朵玫瑰吸尽了
你金色身体里的芳香。

你的脸

你的脸，是夜晚大海上
一片沉睡的森林。
你的眼睛是它安静的鸟窝。

你的双腿是修长的绿杨树
在月光里梦见白帆；
你胸中的池塘
有天鹅越冬后宁谧的深蓝。

你小腿的颤动，是蝴蝶虫蛹
感到了风。你的大腿令众神
在嫉妒中沉默。你的头发是
柔顺的青草，被夜莺歌唱；
你的腋窝停泊着休渔的小船。

你小腹下卷曲的葡萄藤
呼唤九月的山谷，一座美神的祭坛
被群星所祝福。

你的鼻子英挺，是雄鹰滑翔的崖顶
绯红的黎明在你双唇上醒来
旭日洒下它透出晨雾的光明。

如果你睁开双眼，向日葵齐齐抬头
朝向它的阳光；
当你对我耳语，河流就
奔腾着诞生。

藤蔓是夏天的犹疑

藤蔓是夏天的犹疑而
老树是肯定。

波浪是风的犹疑而
大海是肯定。

我和你是世界的增加而
时间是它出汗的一块田地。

你呼吸，山谷回答

河流大街铺满
鹅卵石花朵的道路。

你是我的合法性当你
始终不曾走出我的眼睛
现在，我看到我自己
在你遍布山野的花的凝视中。

你修改了我

你修改了我走向黑暗的道路
就在俄狄浦斯的三岔路口。

我不再因飞鸟而悲伤
却因此爱上了头顶的恒星。

为我准备足够多的闪电了吗？
用你掌握风和雷霆的手
或者，为橄榄枝而储藏的洪水。

为你的鸽子要求一片隆起的陆地吧

——就在这儿，当我为你解开风那
一粒粒燃烧的纽扣。

在清晨醒来之梦

你做你的梦，而我做我的

在清晨醒来之梦，在黄昏醒来之梦
关于醒来的梦，总拖着叮当之声。
噩梦之恶在于它永远不会睁开眼睛
而我的爱，双目炯炯，靠近我；

那是自由的脸，英俊端庄
四肢健康灵活，花儿祝福他；
愿他远离罪恶之地
愿他嘴唇上有盐，脚底板有土
永远带着故乡的种子：

愿他从不受伦理之苦，随时可以歌唱
愿他从不会梦见我，也不必翻越
斑斑铁网——他是从我胸口飞出的

伊卡洛斯，已经飞过重洋
那蓝色的海岸，有一扇诗的窗口

愿他眼睛里的蔚蓝澄澈，赦免
这世界重重的罪名。

海与你并枕而眠

海与你并枕而眠。
海是童年的食物，并在你年迈时
仍保留一片海域在眼睛的单纯里。

海的鱼鳍是你双腿的飞翔。
海的颜色的动脉
海的名字的压力泵
属于被唤醒的你身体里的一股激流。

海的狂喜在你的一阵昏迷中。

海在增多。海收藏死者。
海与你并枕而眠然后

以磅礴的力量将太阳
从深渊推出。

你是我歌唱时的调音师

你是我歌唱时的调音师
高音和低音驯服于你神奇的手。
当我沉默，在你双臂中
我听到你心脏里回荡的钟声。

我的歌词找到了我，当你
把双手插进夜的旋涡
晕眩将我带向秘密的悸动。

所有我们走过的道路都是
一场暴雨的合唱，
它认出我们纠缠的双脚
并一直紧随那勇敢的奔跑。

梦想的终结者，休止符的乐章
我的吻，印在你肋骨的琴键上。

我在数个世纪里活着，擦拭
一支来自沙漠的金色小号。

我和你∞

我和你∞
我和你松树，我和你岩石
我和你≠我+你
我和你微风，及我和你曙光
我和你n次方之幂
我和你女性，我和你男人
我和你微观粒子的不可分性
我和你与你和我之融合于
你和我与我和你的完整玫瑰
你的我你之手
我的你我之足的行走
谁是绝望的一个人你？
谁是存在的一个人我？
不存在如此的存在。
存在属于邀请你踏入你我之大海
存在始于将我投身于你的

你我。你即你我所赠予礼物的礼物

我将从你的嘴说话
说着我自己的你
如果还有第一哲学的伦理
那么这就是。

悲观者

悲观者丧失他们的准备
石头是他们不可撼动的心

只有孩子在海边玩耍
在下一波海浪到来之前
飞快地堆着沙堡

悲观者诞生便已衰老
泉水从不曾润湿他们的嘴唇
那是石头裂开的可能
看见孩子踏平大海的可能

让我的手轻轻触摸你的眼睛
在那里降下一阵海鸥的雨

——让我们失去自己
在欢叫的鸟群的飞翔中

但，隔着距离

但，隔着距离
为了你眼睛所能看到的美
隔着夏天，为了
胚芽对果实最终的抵达。

路将我们卷成旷野上的草捆
像一条河，同时在源头和
入海口。

靠近大海上的云朵
靠近不可见的航线
直到所有的水联结了我们。

“眼泪、雾、血液、雪和雨
都是水。”

爱上一切阻隔，为了跨越它时
我们蓬勃的生长。

我依然爱你

……我依然，爱你。如
被你所生下。如
泪水蓄满眼眶；如
群山和恒星各在其所；如
一棵树在风中放出它的鸟群；如
所有的河流都有它的源头
日夜不息流向大海；如
死亡奖励生命；如
烈酒鼓励火和高粱；如
从呼到吸，告别与重逢；如
双手的渴望在你肌肤上再生；如
它想要你，结束它的痛苦；如
你就在我的面前

赤裸着，毫无愧疚地
勃起——

当深蓝的夜围拢

当深蓝的夜围拢你的脸
那些女战士擂着腰下的大鼓！
酒神多毛的腿就从
葡萄丛里伸出。

我看见你，在隆隆的鼓声中
大海撤出了它的盐库。

你在我眼中，生命的干渴
畅饮红色的葡萄酒——

那是爱流血的方式。
是死神放走自由的方式。

致大海

蓝色的血，沸腾，翻滚！
蓝色的血，咸腥，苦涩！
蓝色的血，供你渴饮——
风卷走我的头，将蓝色泼洒在你的全身！

蓝色的血，温柔，宁静！
蓝色的血，闪亮，深沉！
蓝色的血，你襁褓的开端——
半空中有谁在高声歌吟！

我爱你这危险的蓝色，陡峭高耸；
我将我的双手掷向你波涛的深处，
它们被你巨大的力量牢牢攫住！

我将我的脖子劈向你闪烁的刀锋，
为你增添一颗盐粒的晶莹。

你的美，是蓝色的美；
你的蓝色，是美的笔名。

群星是你的沙粒，

风是你起伏的野草，

海岛是你深夜里的渔火，

四季是你缓慢悠长的呼吸。

——爱在一个女人身上创造世界，

她就横陈在你密林般的眼睫之前。

本诗刊于《人民文学》2019年第3期

海与岛

在芝罘

我想带你去看这里的海。在冬天

它有铁灰色冷峻的面容。远处白色的帆船

如一声童年的呼唤。如果是夜晚到达

你的双脚会认识岛上的砂石和酸枣树

它们将踏平帝王东巡时
凿出的台阶。

几百米外，是烟台山高处的灯塔
吸引黑暗大海上的舟船朝此围拢。一道
雪白的光，映出码头上挥手告别的身影。

打鱼人，种苹果的人，酿酒人
屈辱的继承人，曾坐在灯下吃饭
吞咽他们的玉米和屈辱。

一座陆连岛，不相信人类会填平大海
新矗立的楼盘四周，是鹅耳枥和胡枝子
下一轮的四季。松柏和岩石被诗人歌颂
如我常对你说的那样，波浪使用我的喉咙
对海岸倾诉。你将会在潮声里听到
那真正的声音里有大海的狂暴与宁静。

只有风在赤松林年轮中刻下太阳的起落
当我的低语也丧失其意义，你或许知道
我指给你看，五岁的我正在海滩玩耍

我掉进海里的地方，已被热泪填满。

如今那里恢复了大海青铜般的闪耀
仿佛一切都沉入海底，你会明白
——一座漂浮的小岛在这首诗里
还有岩石、松树，和海风在岬角的呼啸。

河海谣

里夹河和外夹河
拥抱着大沙埠奔涌；

穿过葡萄园和苹果林，给苦涩的海
带去甘甜的雨水和雪水。

屋顶上的瓦松，
姥姥头顶的白云——

一条河在哀哭，另一条在欢笑
载着资阳山的眺望
一直流到芝罘海岬。

窗纸上的小洞啊
姥姥大襟下的一窝星星——

我在沙滩上奔跑，蓝色的血
从脚底流进我的身体。

海风摇晃着柳树
小舅舅骑在树上玩他的弹弓——

松木船桨记得他的名字
大沙埠，当你漂向大海时
他是你带走的那个孩子。

妈妈呀，听我为你唱这支河海谣
你的呻吟日夜烧灼；
你的两条河，在我身上燃着了大火——

临睡前的自言自语

别跟我说这里只是一个小海湾。
我从半开的窗口能听到

大海的潮声。它也不是渤海或者黄海
它是太平洋，你能想到的
一望无际又深不见底可怕的大海。
算算它的海底有几千万只沉船吧。
它也不是太平洋，它是地球的主宰
如果你在太空，你会被它蓝色美丽的脸
惊呆。像一切不可描述的事物
它养育生命，吞噬生命
拒绝人类在水中张嘴说话
就像拒绝走兽的进入——
所有的语言都应该写在水上
并被波浪带走，就像
真理拒绝那些成为真理的野心。
或许，它愿意选中我和它
跳最后一支舞，当我什么都不再需要的时候。
我爱它，敬重它，就像对某人那样
有时我远离它，为了在呼吸时思念它。
它告诉我什么是自由和低处的重要
也教给我愤怒——被宇宙各种力相互制衡的
和平所要求：壮丽的飓风，雷暴
直至大气安抚下蔚蓝的平静。

当然它就是一个小海湾，触碰我的犄角
在我慢慢睡着之后，喷着它的鼻息
一路温柔地将我驮往
下一个曙光升起之地。

你记得这个村子

你记得那条里夹河，记得河岸上的垂柳
你记得青石的井台和
三月飞回来的燕子。院子里的水缸
泊过深夜银色的月亮，拂晓时分的鸡啼
使窗棂间的晨星颤抖。
早起马蹄牛蹄的声音，在乡路上响起
吱呀的木轴转动，打开你童年的大门。
但四十多年后路过这片废墟
你在车上紧闭着眼睛，感到世界已死去
而这个村子早已不在此地。

一支短歌

麦子，我愿成为被你的麦芒

刺痛的叫喊；我愿成为你一阵黄金里
的昏厥；成为你婚礼上秘密的客人
你叶子的绿色情郎，和
划过我嘴唇的麦粒的流星。

海与岛

我离开你已经三天。我知道你依然
在海边眺望着大海。我错了：
大海就在你身边。你的松树照常被海风吹拂
你的岩石一动不动——三天前来看你的人们
已各自回到千里之外的家中

这是多么令人震惊的事实：你还在那里
谁也无法移动你的任何一块石头、一片叶子

但谁又能否认，一群诗人
曾用身体亲近过你，用他们的眼睛
扑向你的灌木丛，嫉妒你和大海永恒的亲密
谁又能否认，你让他们踏进你的领地
让他们占有你的美，在一个初冬的上午

我确知我抱过你的一棵树，我采到
一把被叫作“小孩拳头”的果子
我确知得到了你的馈赠，我被允许
用双唇认识你，并咽下这大地的甜蜜

我还将继续得到你礼物：从童年开始
在我耳朵里生长的大海，日落复日升
我用它理解生活在这里的亲人，当我离开你
我明白我拥有的，就是我所属于的——

海岛，村庄，记忆。我是一艘沉船
紧紧锚住大海。我是你驯养的一只海鸟
从这里起飞，也在这里着陆

大海麦田

我在两座岛之间长大。
每到晨昏之时，
它们就把自己划向对方。

我的爱，大海上一垄垄麦田

是你播种的吧。

那脱了硬壳的籽粒，深知磨盘
沉静的欢喜。

本诗刊于《诗歌月刊》2019年第2期

音乐

终于平静了——

独自一人在夜里
听着音乐，犹如项上头颅
被一只手轻轻摘走。

你打败了我。我对音乐说。
并感到有一部分怒火熄灭了。

我是你的奴隶。

前额抵着它的膝盖，我又说。

一种让我慌乱的温柔情感

涌上心头。

我并没有忘记

长久遭受的耻辱，以及

对自己的懊恼。我只是不知不觉

做了它的俘虏。

想起某位杀人狂曾说：

绝对不能让我们的士兵听太多音乐，

那样只会让他们变得软弱。

现在，我也屈服了——

鼻涕眼泪抹在我的破袖子上。

我不再咒骂，也不再四处寻找砖头。

我只想抱着一个什么人

为这黑黢黢无边的世界
放声痛哭。

叙拉古之惑

人在痛苦中一把抓住的语言
却在谎言里丧失了。

一个不得体的行动背后
必定准备了一个崇高的理由。

那是一次越界至权力的旅途，
并愚蠢地重复了三次。

那是来自伟大乌托邦的冲动
是自由的诱惑——跨进虎豹的心灵。

你肯定不愿意去做

修辞骗子、语法土匪，

以及乌合之众的拥趸：隐秘的逻辑盗贼。

而这正是皇帝快乐的秘密，

让哲学王不断成为笑话的秘密。

切记皇家厨案上并没有人谈生意，

切肉砍骨的刀斧不作声却十分清楚。

叙拉古雄伟的城门日夜洞开，

进出着众多精明和蠢笨的天才！

你没有

你没有一个

可以求助的上帝，

也没有一个在半空注视着你的

仁慈的佛菩萨。

有时候你奔向田野，渴望
麦田给你籽粒金黄的思想，
玉米赐予你翠绿的沙沙作响的思想。

沿着麦浪涌向地平线的尽头，
你能看到天边，以及更高处的宇宙。

它们忽然出现，为了使你
在辽阔中看到它们的辽阔，看到
被麦田和青纱帐所表达的秘密和澄明。

难道你不也是其中一个？
和无数株麦子、玉米，无数的人
构成世界的生死寂灭、诞生和轮回——

白杨树把头伸向虚空，
而瀑布从高处跳下，跌碎在大地……

在一个是与不合拢的梦里，你的疑问
访问了它们——作为一粒种子的
初次上任的女秘书，你又一次

耐心等着春天，以及还没有出现的
某位佛菩萨或上帝。

人只能生活在

人只能生活在目力所及的空间。
顶多，加上想象力抵达的边界。

没有人能例外。

皇帝，教授，农夫和海员，
住在他们自己的房子里，

并拥有一把椅子、一张书桌
一块土地或者几亩大海。

没有人能例外。

但是当惨叫和人血
溅到你的手机屏幕上，抑或
身边某个熟人忽然消失无踪——
你仍然震惊于某些事实：

哲学家在书柜里淋浴
而诗人躺在几个漂亮的病句里。

山中小屋

其实，他既没有去耶路撒冷
（太多犹太人的鬼魂在尖叫）
也没有去雅典
哪怕妻子把船票和船都推到面前
——面对希腊的海岸
他迟迟不愿意下船

而且，在那里既没有遇到亚里士多德

也没有遇到任何一个希腊人
资本主义的汽车包围了他
如他所愿，苏格拉底的也早已没了踪迹
这位畅饮毒鸩的伟人，虽然
是那么多人得体的面具
但其饶舌而且追问不停
最好还是回到石头监狱

在三岔路口，他一定也想了一会儿
却突然奔向高塔里发了疯的诗人
癫狂意味着神秘的真理
这套神学逻辑他一向都很熟悉

其实，他也并未登上高塔
因为那里没有多准备一把座椅
况且，最聪明的人只觉得
他如此天真，如孩童把手指伸进车轮
而他的博学，却深不见底

后来，所有人都知道
他回到了我们的课堂，回到了会议桌前

有时也回到他的山间小屋，像个隐士
盛情邀请那些从前见到他
就可能双腿哆嗦的家伙
如今他们以被思想的教父接见所激动

就像有一把馈赠荣誉的枪口
亲切地顶在他们脑后

以上五首刊于《雨花》2021年第3期

萨福：波浪的交谈

A：哪一个

萨福，是哪一个？
她不在这里。
另一个也不是。

山坡上的茴芹，盲人们
用双手阅读夜风时
闻到了她。

B：新名字

一个中国人为我造了一个新名字：
女寺人[①]。
它将在人间第一次被发表。

仓颉[②]——爱和恐惧的四目之神
让我消失在你枷锁深处的自由里。

A：在周朝

你双唇读出的萨福，
是远古周朝的沉寂。

---

① 这是一个作者新造的中文字，中文里的“诗人”一词没有性别之分，而在希腊语中，“女诗人”一词曾专指萨福。

② 仓颉，传说中中国文字由他创造，古代画像中他有四只眼睛。

唯有，淇河边的许穆夫人[1]，

触摸着箜篌上

芦苇摇曳在风中的沙沙声。

路标：人是时间的一个

移动地址。

B：诗

一块烧红的煤

在嘴里含着，嗞嗞作响

——让我吐出它。

A：坦白

告诉你啊，萨福

---

① 许穆夫人（约公元前690年—？），姬姓，古代中国的卫国公主，长大后嫁给许国许穆公，故称许穆夫人。她是中国文学史上见于记载的第一位女诗人。

我有玉米金色的寺院和
红薯幽暗的庙宇。

我有荒野，那诗人的盛典：
神在树和河流中藏匿
并以山顶的星空暗示，
在长久、长久的静默里；
在午后一枚柳叶悠然的飘落里——

阳光下一朵海棠花，朝着她的蜜蜂
慢慢飞去。

B：壁炉
东方人，请看看希腊的火焰

把你脸庞映照得
更美丽的壁炉里的光芒
那上升的力量
是利斧赐予的。

A：Αυρα[1]

阿馥腊，阿馥腊，
你的名字掠过时我唇上的清凉；

微风之神，光晕
在埃庇达鲁斯[2]圆形剧场

你是两股微风忽然
相遇之处——那靠近的远
有力地保持了你的尚未抵达：
——杨穗儿的柔毛诱引着
一场雷暴的皈依。

而熟睡中的爱人，我也曾深深吸入过
他唇边的气息——
那宇宙河底水草的起伏……

① Αυρα，希腊语，从海面吹过来的温柔微风。中文发音“阿馥腊”。

② 埃庇达鲁斯，古希腊著名的露天剧场，是祭祀医神阿斯克列皮亚斯的圣地。建于公元前45年。埃庇达鲁斯在希腊语中意即忽然靠近的两股微风。

阿馥腊，阿馥腊，空气的女儿
你就这样吹动了
沉重的星球？

B：灶火

我寻找橄榄树和白蜡树下的
野花和树叶，
我的爱人在收拾劈柴。

泉水正带走一个下午——
他挽起胳膊，
整理着杂树和灌木。

夜晚，爱唤回了他年轻的力量。
他在我胸前燃烧，就像少年
烧遍夏天的火。

A：忠诚

她手指粗糙，生满老茧。

——就是它们
在不确定的琴弦上
克服了偶然。

B：在高处

对于他们够不着的树巅
——有一块
高悬的石头[①]。

这一点，他们从不会
遗忘。

那圆满、清新
从未有人触碰过的
一个红苹果。

---

① 萨福曾写过关于在树巅上的苹果一诗，内容大致为它不是被人遗忘，而是人们够不着。这里作者以石头比喻这个苹果。

A：卜辞[1]

在名词致命的吸引中，
形容词开始弯曲。

而动词的可怕在于
它窥伺已久想成为名词——

会有一条民族的大河
因此弯曲吗？

B：约定

有人与你分享床榻
我与你分享墓冢里的长眠。

点点渔火又一次
倾进夜空深蓝的水中。

① 卜辞：公元前1600年的中国商代，人们将沟通人神关系的占卜内容，刻在龟甲和兽骨上，称为“卜辞”。

我们重复着我们。重复。仍然是
我们活着时再一次见到的。

A：技艺

她能单足在一个高音上
稳稳停留，
直到和它一起缓缓降落，伸展成
辽阔的平原。

B：树

一棵橄榄树
跑进了另一棵
核桃树的身体里。

我的爱，今晚你的枕头
在什么地方?
我伏身这一行凄凉的诗句
宛如拥抱你的双膝。

A：一种希腊语

星星一样多的海岛散布着
香蜂草、米科拉斯花、白雏菊
迷迭香、山茶、乳香树和月桂[①]……

这是萨福的希腊语——
那香气，那盘旋上升的
嗅觉的圆形祭坛。

B：古代少年雕像

“——你不知道
你大理石的腰
多么美？”

“——你来了，
那一刻，我开始变老。”

---

① 香蜂草、米科拉斯花、白雏菊、迷迭香、山茶、乳香树和月桂，这些植物都是香气浓郁的花草，希腊人用来做茶或香料。中国古代的典籍中认为，道德也能散发香气（明德惟馨——《尚书》）。

A：奥林波斯

也许，她去过奥林波斯，
在一个夜晚，深陷大腿的积雪
银色月光透进松林
照到天尽头。

十二众神扮作登山者
与她同居一室——石头客栈
冰鞋和冰镐靠在壁炉边。

黎明时他们起身
床上躺着的是一张里拉琴——

“它就是你们的语言。”
“与你同去的人，别忘了大雪中
秘密的足印。”

B：吻

恋人们从彼此的嘴唇上
吸走的不是一个吻
而是瑟瑟发抖的
一缕惊魂。

A：奥维德说

“莱斯波斯[①]的萨福，
除了如何去爱之外，
还教会了女孩子们什么？”

他说得没错。

柔软踏着轻，踩在孤独的
暴君头顶。

① 莱斯波斯岛，萨福的故乡。位于北爱琴海，临近土耳其。

B：我只和神交往

我只和神交往，
我只寻找没有屋顶的教堂。

缪斯山谷[1]的牛铃，在一个清晨等到了我
一阵摇撼橡树的山风

终于捕获了我的双唇
——最后的葡萄，让我成为你的酒。

我只和神交往。我只看到人本来的样子：
那沿街拍打着永远不会
敞开的大门、膝盖破旧的你
——让我成为你的女鞋匠。

① 缪斯山谷，位于希腊赫利孔山下，那里有古代缪斯的祭坛。

A：注视小麦的穗状花序

啊，我的姐妹
现在你明白了么?

——不存在无神论者。

B：火烈鸟（flamingo）

黄昏。火烈鸟被大海的暮色收回。
还有三只，挺着笔直的脖颈
伸进一个方向的意义——

对于爱者
一只就够了。

不是A flamingo
那是：THE flamingo。

A：萨福旅馆

在莱斯波斯，无人不知道
萨福的美名。
在萨福旅馆，一个女人也能同时
成为男人。

你带着异乡人的腼腆，听到海浪和
隔壁欢乐的叫喊。你知道
或许这一切，都来自安提戈涅[①]的悲呼
和萨福化为歌声的沉痛。

B：劳作

我时常劳作到黎明。

窗外，灰藜睡着并做梦，

① 安提戈涅，俄狄浦斯的女儿，安提戈涅不顾国王克瑞翁的禁令，将自己的兄长，反叛城邦的波吕尼刻斯安葬，因此被处死。

希奥斯[1]来的大船刚刚
从它的头顶稳稳驶过——
海浪贱进我的窗口，月光
涌进窗帘。

我的笔停在
月光照亮又消隐的地方：
——或许，这就是
我伏案一整夜
最终完成的诗。

A：波浪

起风了。

大海开始拉它起伏的
蓝色手风琴。

① Chios，希奥斯岛，荷马的故乡，位于北爱琴海，在莱斯波斯岛的南边。

B：世界最终将收回历史

据说理性很少出错。

我以我的偏见爱你。
我以我的柔弱走向你。

所有的面都朝向泥土。

A：扁桃

扁桃，厄勒索斯[①]的七月
老妇人递给你
摩涅莫绪涅[②]的手。

你吃下去了。
那不朽的新肉。

---

① 厄勒索斯，位于莱斯伯斯岛西南部，萨福曾在这里生活。

② 摩涅莫绪涅，希腊神话中的记忆、文字、语言女神，她与宙斯生下了九位缪斯。

B：每次的初次

保持你的失去在你花朵的果实中。
那是你种子最终的留住。

A：埃利蒂斯[①]的故居

全希腊的门上，几乎都是
来自中国的铜锁。

埃利蒂斯，你的门也是，
我的手伸进太阳晒热的石头深处——

钥匙和锁，
总是在一起造的。

① 迪塞乌斯·埃利蒂斯（Odysseus Elytis，1911—1996）希腊诗人，曾获1979年诺贝尔文学奖。

B：触摸

我的手停留在你的头发里。
蜜蜂们来了。

你晶莹的泪水一滴一滴
落在我的前胸。

A：诗人

谁知晓诗人的悲欢？

纵身深渊的女人[①]
群山轻轻接住了她。

B：火山岛

那些躺在火山灰和荒凉砾石中的枝藤，

① 传说中，萨福从卢卡斯的悬崖上跳海殉情而死。

会长出浓绿的叶子，
并把在二月见到过的脸庞，
结成一串串喊着你名字的葡萄。

A：在莱斯波斯山顶

黄昏，莱斯波斯蓝色的山顶。

松树没有国籍。紫花大蓟也没有。
两个东方人，然后
一张古琴：古老的《流水》[1]，
丝弦在微颤。

风摇动松枝，第四个来了。

听吧——在我身边放下你
轻轻提着的裙子。

---

①《流水》，中国古代十大名曲之一，也有将其与另一支古琴曲合称为《高山流水》。传说公元200多年前，晋国琴师伯牙在江边弹琴，遇到一生的挚友钟子期，互相倾慕。钟子期死后，伯牙将琴摔碎，此后终生不再弹琴。后人将这种友情称为“知音”。

B：谎言

你很平静，但这没有用。

你是舌头老练的僭主[①]
而我是语言涌出的一条清澈小溪。

A：飞

书桌前有一把椅子。
它有四条腿。

每天我骑上它
在时间的烈风中。

① 僭主，是古希腊独有的统治者称号，是指通过政变或其他暴力手段夺取政权的独裁者。

B：波浪麦田

我在两座岛之间长大。
每到晨昏之时，
它们就把自己划向对方。

我的爱，大海上一垄垄麦田
是你播种的吧。

那脱了硬壳的籽粒，深知磨盘
一动不动的欢喜。

A：以汉语说

厄琉西斯[①]，俄耳甫斯教秘仪之地
德墨忒尔[②]的祭坛

① 厄琉西斯，位于希腊阿卡提地区，雅典西北部，是俄耳甫斯教举行秘密仪式的地方。

② 德墨忒尔，希腊神话中的谷物女神，掌管土地的丰产，是奥林匹亚十二主神之一。

山洞和废墟。遍地不知名的野花
贴地低低燃烧了过来。

泥土里，石缝间，柱子下，水洼中。

一株小麦就是思想。
一株大麦就是德行。

谷物女神的领地，母亲和女儿[①]
都曾从地狱返回。

她们的胸乳和肚腹宽大柔软
那些红罂粟，那些浓密的草
正在结出种子。

俄耳甫斯正是为此而歌唱。
一株小麦，一棵苦荬菜。
当他被撕成碎片——记得吗？

---

① 德墨忒尔的女儿帕尔塞福涅被冥王哈德斯抢走做妻子，德墨忒尔和冥王达成协议，每年有四个月女儿可以留在冥界，其余时间把女儿带回人间。

德墨忒尔的谷子也是碎片
在东方它们就是——
稻、黍、稷、麦、菽[①]。

泥土里，石缝间，柱子下，水洼中。
大地拨动诗人，那些叶子和花
扁平的舌头，酒盅的喉咙，
万物就是德行——
它们自言自语，唱着春天和孕育。

B：是痛苦，又是安慰拯救

你仰头望着
晨晖中这张圣洁的面孔——

就是从这里开始，茹毛饮血的祖先
放下棍棒和箭镞

---

① 稻、黍、稷、麦、菽，中国古代最重要的农作物，分别是水稻、黄米、高粱、小麦、大豆。孔子最早在他的著作《论语》中称之为“五谷”。五谷在中国文化中有着重要的寓意，常与人类的文明起源相关。

走向了歌唱、舞蹈、语言和文明。

本诗刊于《夏季风》2020年第2期

蓝蓝：诗人，童话和随笔作家。出版诗集、译诗集、随笔和童话童诗三十余部。曾获诗歌与人·国际诗歌奖，袁可嘉诗歌奖，苏轼诗歌奖，华语传媒文学奖年度诗人奖、全国优秀儿童文学奖等。

邵丽的诗

前后的前门

没有足够的历史分量
如何养成这样的气象
二十一世纪
也不能说来就来
说走就走

五百年
也只是一个脸子
左手国仇，右手家恨
总也缝合不住的冲动的碎屑
像泥沙一样堆在你的眼睑上
等待着一场失声恸哭

再一次起身

不用掸掉身上的土

谁都明白

你有一个怎样的

王城

前门啊前门啊

你留给家国的

不仅仅是一个记忆的绳结

以中国来叙述你

总有一句没说够

以你来铺陈中国

说一句就多了

另一种现实

要把什么圈在你的生活之内

这不是件任意的事情

除非你不是你

它也不是它

以往的夜晚

我要翻越很多的墙

沿着思想的弧度

打探另外一个世界

试图撞开一扇扇灰色的大门

那真实被霉斑拱卫着

如指甲花，因为缺乏阳光

而失血

透明的菌类

闪着幽蓝的光

我满是油汗的脸

在它们之中如石莲般开放

是时候了，我想

沙之书

一

那是谁家的春天
赤足走在田埂上
心事像打了结

少年时的烦恼
总是这般模样
有一点盲目
有一点仓促
有一点暗喜

怎么就这样松开了
放风筝的那只手
曾经凝神蹙眉

在窗前写下誓言

二

某年的一个春天
我在沙滩上阅读情侣们
用脚印书写的故事
那最原始的文字，歪歪斜斜地记录着
彼此的心情
瓷青的天空下
蔚蓝的大海边
还有谁
不曾酝酿情怀

只有潮水去了复来
擦掉这潦草的表白
让新的故事
在风暴之后
另起一行

向南方

一

在春天一个阴郁的日子
你义无反顾地走向了南方
那个时候，我的伤心
已经超过了南方之南
我深爱过的人啊
你在我的眼前渐行渐远
心情在暗色的车窗后面
泛滥得无边无际

总是记得那些个秋季
我穿过阳光下苍凉的街道
去赴一个温暖的约会
事情是从最简单的话语开始

简单到只有眼神和喘息

多少个不能平静的夜晚
被我们演绎成惊心动魄的聚合
爱情被突如其来的力量
折成了各种姿势和角度
你被我汗湿的手
一遍一遍地打磨着我的叹息

终于你要去南方了
地里好像开满了野花
那些我永远叫不出名字来的精灵
不该在这个时候盛开
不该在这个时候
看着你独自一个人
去南方

二

从没设想过
你会这样去南方

尽管还是烟花三月
尽管这个春天没有一丝暖意
你还是这样地去了
快得像一个眼神

我努力回忆着每次从严冬复苏的心情
像笋尖那样穿透寂寞
并在寂寞里独自生长

南方啊
为什么我试图用吐丝般的缠绵
去包裹你时
却总是找不到低音区
那深沉的战栗
南方啊
为什么我拼贴你的容颜
你总是像一只泪眼
在春色里迷离复迷离

即使在这样一个
比心情还干燥的冬季

三

为什么总是在这个时候
我会这么想你
我不知道；我只知道
当想念上来的时候
心里那种软软的感觉
软软的忧伤，软软的幸福，软软的叹息
软得就像春天的一句耳语
河水在远处大声地喧哗
它们模糊的语言一次次地击中我
使我在春天的原野里
疯狂地沉默
忧伤浸湿了我
像子弹一样穿透我的身体
这真像一个梦，这多像一个梦啊

是的，想念总是要在这个时候来
也许来得正是时候
让我

哭不能哭

歌不能歌

只能在世界留给我一个人的角落里

一边敲击着键盘

一边默默地告诉

我想你

金银花

如果这个时候你回头

就会看到那些白色的精灵

她们纤弱的身子

在风中

在茶树和杜鹃之间

她们在摇摆

没有多少

供她们逍遥的日子

因为她们是

金银花

金银花

即使不回头

你也能看到她们

那些黄色的神祇

她们的生命总是用这种

决绝的方式演绎

某年某月的

某一天

我走上山来

忽然想到她们

这个季节她们都不在

那片曾经灿烂的土地

空落得像一只干瘪的泪囊

紫云英

在语言的国度里奔波
有沙漠、戈壁
和成群的野骆驼
干渴和无奈的瞭望
一切都无边无际

没有什么能够给你安慰
除非那些花
那里杂在绿色中的
红粉的精灵

花非花
谁能在哲学的操作台上
找到情感的碎屑
在灵光一现的最后日子

我突然想到了它们
那些俯身在南方水田里的精灵

还有什么能够让你的眼色湿淋淋啊
除非那些草
那些叫作紫云英
以草的名义偷偷开放的
细碎花朵

关于爱的另一种说法

你活着
哪怕只有一双眼睛
就能看到我为你绽放的美丽
你活着
哪怕仅有一张嘴
能够对我诉说
最想说的那句话

你活着

让我的生命有了形状和质量

有了今天

这栩栩如生的一切

我还祈求什么

我的头颅总是像一颗葵花

只能朝着你旋转

虽然你不是太阳

但你使我透明

使我知道了

这花儿该为谁而开放

爱情的模样

现在我就坐在那里

我们互相给对方第一个吻的地方

记忆的细节闪闪烁烁

指点着另外一个现实
我和你还有一支无名的曲子
被遗忘在设想之外
看着外面被风吹乱的乡村
想象着一截凌乱的心事

我被你捧读过的脸
像一副刚刚贴好的春联
我的手汗湿了你的
像打湿一片梦境
没有什么能像眼和眼的对视
那么惊心动魄
有多少浪漫和遗憾
都被记录在远处的河床上

是啊是啊是啊
我们穿过河流和山野
爱情穿透了我们的胸膛
那些树，那些风景，那些叹息
都在我们心中发芽
在最柔软的地方

生出青翠的模样

它的盘根错节的姿态

让我坐在这里

坐在一大堆誓言和秋风中间

看着太阳照耀的山溪

像一串游走的泪光

大中原

中原——

一次次在这个宏大的词语里，

我寻找着历史的细节。

那曾经有过的热血和冲动，

在黄河里波翻浪涌。

太行、伏牛、大别山，

你腾飞的希望，

曾经像山脉一样隆起。

左青龙、右白虎，

即使只剩下断壁残垣，
你仍然搂抱着一个
愈挫愈勇的崛起之梦。
中原——
怎样书写你，
才能有大篆的风骨，
和汉隶的豪气；
沿着盛唐的余韵，
我捡拾着思想的甲骨；
用我大宋的浪漫，
擦亮你巨龙的身影！

我走过洛阳，
与洛神隔河相望。
她翩若惊鸿婉若游龙的风姿，
在十三朝古都徘徊复徘徊，
环佩叮当，不仅是否极泰来，
云谲波诡，也不只前朝旧梦。
白马寺里，游客如织，
牡丹园内，人头攒动。
洛阳城里春光好，

花开时节动京城！

丝绸之路从这里蜿蜒西去，

大唐帝国，迎接着八面来风！

我们的先祖曾筚路蓝缕，

千年征战，

铁马冰河入梦来。

我们的后代，正踌躇满志，

百年沧桑，

请君只看洛阳城！

我走过开封，

东京梦华，恍若隔世。

曾几何时，

这里市列珠玑，户盈罗绮，

歌舞笙箫天地动。

帝王之都，依稀仿佛，

此处无声胜有声。

龙庭上下，

匆匆走过屈辱的脚步。

包府内外，

沉沉留下饥民的哭声。

大中华的倩影，
只有在瘦金体里才能龙飞凤舞。
小康梦的碎片，
只剩下《声声慢》里的败叶残红。
故国今犹在，
百年皇城，密闭的大门，
被历史洪流呼啦啦地撞开。
千年帝都，尘封的渴望，
被时代风云亮闪闪地启封！

我走过安阳，
在洹水河畔久久地沉思。
这条永远流淌在《诗经》里的河，
三千年来，被多少雨打风吹过，
可仍然洗不清，
我们先祖泥沙俱下的倦容。
我在兽骨上的一撇一捺里，
察看着家国的阴晴圆缺。
在司母戊方鼎的云雷纹上，
寻找着被遗忘的历史的叮咛。

我走过太昊陵，

让伏羲八卦为祖国圆梦。

我走过少林寺，

让中国拳脚在世界舞台虎虎生风。

我走过老君台，

让道法自然的呐喊，

穿越千年时空。

我走过龙门石窟，

让全世界屏息静气，

仰视大中华灿烂的笑容。

我用《黄帝内经》为和平健身，

我用《伤寒杂论》为灾难送终！

中原啊，

你物华天宝，

用丰盈的乳汁，

喂养这个泱泱大国，

五千年风云尽收眼底，却又如此从容！

中原啊，

你人杰地灵，

用智慧的光芒，

抚育代代中华儿女，

龙的传人遍布寰宇，你依然玉树临风！

你黄色的血脉蜿蜒如滔滔江河，

你红色的骨骼铮铮似万里长城！

中原，我们为你而纵情高歌！

中原，我们为你而热血沸腾！

给母亲的诗

关于母亲

我总想说点什么

那年我第一次离家读大学

看着她远去的背影

我就这么想

一次又一次

她把自己的身体挪到我家

小心呼吸的样子

像一只蜻蜓

如果不是作为一个整体
母亲正一块一块地与我告别
她身体尚好的那些部分
也不能与我亲近

几十年来，对于这些
我不知道该怎么做
也不知道该怎么说
直到看着她
像一只掏干净的空口袋

心情

风起于青萍之末
也起于自己的院子
落叶并不知秋

一片叶子，从早上开始动摇
到黄昏还没坠落

有人唱道
昔我往矣
杨柳依依
今我来思
雨雪霏霏

我总打量着雨后的天空
像一棵移栽的旱莲
开也寂寞
落也寂寞

诗人之穷途末路

这么多年
城市和乡村

成了诗人免费的午餐
我像一只觅食的蚂蚁
缘着最后的骨头采风
在刀缝里
努力踮起脚尖
把一腔悲哀
打磨成隔世的锋利
赶去参加最后的盛宴

掌声如潮水般
膨胀着一只蚂蚁
我大声讲述父亲粗糙的一生
和母亲失血的青春
把有关城市的传说
褪成一地鸡毛
自以为，我每次运气
都能让陈年的咒语
土崩瓦解

激情退后
在菲薄的阳光下

我常常打量和抚摸
那被我陈述的虚妄
禁不住泪流满面

短章

一

我准备好了
只要你一个眼神
我马上就跟你出发
今天是这样
今年是这样
今生，都是这样

二

不需要告诉我

天堂在哪里

也不会打问

永远有多远

只要前面是你

世界总会被我

撇在后面

三

把你的胸膛打开

把我种进去

长成一棵树

你的灵魂从此会驻进

二十四番花信

开梅花

开麦花

开水仙花

四

从二十岁到四十岁

你用二十年

游遍我的身体

从此我的哭泣里

一半是血

一半是泪水

五

在睡梦里

你问我

我们过去的东西都丢掉了吗

我的亲爱

上天把你给我的那一天

我已经碎在你的气息里

从此的生命中

丢了我自己

我都舍不得

丢失

你的一个脚印

六

回来
别让我对镜哀怨
我酒一般的沉淀和沉默
只为等你
用生命来启封

七

我的世界每一处
都是你的存在
你的亲吻如同黑夜密布
没有一点缝隙
我不愿意走出这笼罩
只想像石头一般地
沉睡

八

今夜你会想我

我已经听到开花的

声音

有关生长的故事

都埋在土地深层

每天的这个时辰

层层叠叠地拔节

像一颗千年的

莲子

九

今夜

我爱上酒

红色的浆液

在口中滋生春色

这冬天的夜晚

石榴花发出响声

心绪越来越柔软

不再犯愁我和你的

距离

我和世界都坐你的膝上

听水晶杯歌唱

十

为什么想起你

我的眼睛里就盈满泪水

前生

我是一朵白莲

你四月到来

我五月打开

花瓣一片一片地

铺陈经络

那洁净的走向

除了你，还会为谁

十一

当我什么都不能做的时候

只好

坐下来讲故事

前生从何来

后生往何去

除了问佛

就是问你

十二

假使我的死

也不能让你的生命更饱满

那么我的生

也不过是一道伤疤

不在谁的心上

便不在谁的身上

十三

让我疼爱你

他们的役使

让你比书本中发黄的纸片

还要陈旧

而我识读你

凭的是文字下面的那些词句

那些只要说出口

就变成石头的

誓言

十四

那渐渐失去的青春

那正在来临的繁盛

都在你的怀抱之外

环抱着我的

是你山一样的巍峨和

水一样的温柔

十五

你

总是我最疼的那一处

不能触碰

也不能忘记

出门才感觉今天的

风很大

天气预报说有寒潮

你冷吗

你打来电话的这一刻

我不知道你在怎样的严寒里跺着脚

努力平静自己的声音跟我说话

你的手凉吗

你，就是这样被我牵挂

十六

生命的意义是不是在于

因为没有爱而

忍受孤独

因为有了爱

而享受孤独

十七

你是一棵受伤的大树

风刮过你遍体鳞伤的枝干

让我看到你流血的伤口

雨淋过你的枝头
让我听到你忧伤的心事
如果不是和你一样
惦记着远方
我怎会成为
你根部的一抔黄土

十八

你生命的歌唱
从来没有
到达高音区
因为你的舞台
总是让你
一只脚高
一只脚低

十九

我的眼泪
不是因为疼痛

而是因为赞美

二十

有多少次

匍匐在我遥远的灵魂之后

我知道谁是我宇宙的终结者

那蓝色的星系

在我的梦境深处闪光

二十一

夜风中的守候

环佩叮当

牵着尘世的心

是一只镯

手的空隙

随你

伸展到万水千山

放下了天地

我的脚挨着风和水

积蓄暗处的力量

二十二

在你的睡梦里

四方的天国露出微笑

我的孩子

和风来自东方

我爱你

一个世界都即将爱你

菊花笑了

小麦笑了

我和你都会笑

神，伸出柔嫩的手抚摸你

二十三

我醒了

因为你

天空光明得像一块玉

年轻的肢体仍然在生长

饱满地等待

你回来

我，是一块

等待你耕作的土地

给我种子

给我水和阳光

给我倾斜的怀抱

给我风

二十四

你说冬天相见

其实，我早已在寒风中等待

要我帮你

脱去你厚重的衣袍吗

把身体放进柔软的泉水中

生命之中

有很多次重生

山路上

花儿次第打开

一朵一朵的香

好像来自一个世纪之前

你不要走得太快

那些像藤一样的心情

总是和花枝一样

生长和攀缘

二十五

月光穿透水面

像你穿透女人的思想

万物静美

是我和你绿萝一样简约的爱

浪漫的肢体

在前夜

把花开都放弃

我没有能力照抚果实

爱

我已捧出全部

透明的心房

是唯你能翻越的海拔

二十六

走着、坐着、躺着
醒着、睡着
你都在
每时每刻
每分每秒
我都是这样的模样
你都是那样的模样

二十七

这个清晨
我只想写点什么
仅仅是为了你
仅仅是为了我
仅仅是为了这个
只有你和我的世界

二十八

天还不够蓝
太阳渐渐高起来
那温度为谁而起
我曾经发愁
房间里温度过低
冬天怎么挨过
执着地爱一个人
把日子勾兑成酒
那眩晕不在眉头
便在心头

二十九

海子说
远方除了遥远
什么都没有
如果拥有了遥远
你还需要什么呢

三十

春天来了
距你回家的日子越来越近
我常常为你而潮湿的掌心里
思念收了一茬又一茬
2013年了
我的爱人
幸福将破土而出
我要在这一年
为你
开出紫色的花朵

三十一

寻你的路上
我已用尽最后的力量
让我挨近你
那曾经让我温暖的地方
即使在梦里
即使在一个

没有星空的夜晚

三十二

我不能给你一片叶子
和一棵树的碧绿
我要把一整个春天都给你
每一次相见
都是一次花开
一朵一朵地栽在你的胸前
装点你荣耀的头颅
就好像
春天真的来过

三十三

假如有一天你找不到我了
我一定是变成了一只鸟
也许
哪一扇门都不能
容纳我自由的翅膀

但我的歌唱
会像空气一样
填满你所有的地方

三十四

我的身体
可以折叠成一张弓
我的生命
可以破碎成一把土
可是我的尊严和爱
永远是一块石头

三十五

还有什么
可以不圈进生命里
还有什么
可以不融入血液里
还有什么
可以像一口气那样

憋那么久

三十六

你是我金色年华的
金色花朵
我的生命会因为你
而有了
纯金的成色

三十七

今天
我终于可以挨着你
感受你的脉动和呼吸
我不用再关心
两个城市的天气
今天，我冷你就冷
今天，我暖你也暖
今天，我的哭和笑
都会有模有样

三十八

怎么我就可以
这么久地悬浮在你的上空
我的哭泣无论如何都冲不破
层层叠叠的包围
只有泪水
这最坚定的誓言
从冬到春
从夏到秋

三十九

生命是历史的一个仪式
爱情是生命的一个仪式
像一杯茶
像一次灼痛
像一次浴火重生

四十

若是能牵着你的手

哪怕是比月球都遥远的旅行

我也不让你寂寞

若是我能爱你一百年

整个一生

我都不会让你孤单

四十一

在这个世界上

哪里会有葬我的净土

除非在你的心里

那总是给我律动的地方

四十二

没谁能埋住我的哭声

那如暗夜的灯光一样四处泄露的

哀伤

即使别人偶尔听到
也只是像一把
燃烧后干燥
的灰烬

四十三

谁都有一个
牙齿松动的晚年
昏黄的目光好像
从来没有看清过这个世界
殊不知　爱情曾经来过
并在这里永久驻扎
直到成为一根弯曲的骨头

四十四

一个诗人说
刀锋般的生活总是
让他激动不已
在荆棘里采摘花朵

幸福常常是来自

疼痛之后

四十五

生命的每一个意外都是

在意料之中

尽管从来没人

预定过

痛哭和欢笑

四十六

没有谁能如她

适合放置你的生命

如果这不是爱情

便是死亡

四十七

我独自经历过某种破碎

那裂帛一般的声音
一次一次地伤害我
直到我再也听不见
自己对自己的安慰

四十八

喝下午茶的时光
斜阳夕照
我，一个孤单的影子
但你们，不要试图图解我的忧伤
这是个春天的下午
蝴蝶有蝴蝶的快乐
可谁能知道多少花朵的心事呢
我落叶归根的日子
可以制作成标本
研究盛年的故事
总是被空缺或者
另起一行

四十九

你是一棵心爱的树
我注定是长在你右边的另一棵
我们努力地长
只是巴望着
再有一个春天
就可以得到你的抚摸

五十

亲爱的
我不吃你
就会被你吃掉
只不过是
我是人间最甜的那一口
把我咽下去
我只想用这种方式
了结自己

五十一

告诉我

我这么笨

还能拿什么给你

化成蛾化成蝶

都过于轻飘

化成雨露甘霖

不能滋润你的万一

化成骨头

也不能点缀你的宝剑

我的王

为你

我的莲台之上

生出如此卑微的心事

五十二

你要我陪你一生

还是

以你孤独的方式

想念我到终老

如果展开我们的爱情

这天、地、时间

怎么会够

五十三

你总是吃着没有温度的食物

穿着不能御寒的衣服

在你人生拐弯的地方

命运总像一扇没有门框的门

语言这种东西

除了让你思想的根部暴露在

光天化日之下

从来不会成全你

除非是那些

除了嘴巴

什么都没有的人

五十四

我要在寂寞里种植骨头
它的密度来自于炎热和酷寒
来自于白眼和青眼交错的
眼风
没有什么是我的你的他的我们的你们的他们的
因为所有的一切
都在于有没有你的骨头

五十五

没有人告诉你
春天会提前到达
那些黄色的花朵还是
去年的颜色

凝在我眼角的泪痕
像一块冻疮
在没有太阳的日子里
一切都不稀奇

五十六

我只想
与你共饮一杯
把这寂寞喝淡
把这牵牵绊绊的俗事喝淡
只是这些茶叶都来自
那些很少有人去过的深山
它们还都带着深山
那寂寞和吃惊的样子

以上十三首见诗集《她说》
（河南文艺出版社，2013年）

邵丽：当代作家，作品发表于《人民文学》《当代》《十月》《收获》等刊物，多次被《小说月报》《小说选刊》《新华文摘》等刊物选载，部分作品被译介到国外。曾获《人民文学》年度中篇小说奖,《小说选刊》双年奖，第十五、十六届“百花文学奖”中篇小说奖，第十届“十月文学奖”中篇小说奖等多个奖项。中篇小说《明惠的圣诞》获第四届鲁迅文学奖。

扶桑的诗

七号诊室

她背过身去解开胸罩
她解胸罩的姿势比别的女人笨
比别的女人慢
她解下来的胸罩有一只罩杯
像一只空碗盛满海绵
戴这样的胸罩夏天会不会长痱子，我没有问
我已记不清有多少女人在我面前这样
背过身——
她们身上失去的部分
在心里踩下深深的蹄印。那蹄印是雄性的。

无需命名的诗（节选）

那毁灭了我的事物

满腔痛苦已超过哭泣的强度
所有语言敬畏地保持缄默

多么耐心的
看不见的火焰慢慢焚烧着我，并引以为豪……

那毁灭了我的事物，是我血肉的一部分
从我体内生出

那毁灭了我的事物，我的造就者
我向你献上情人的爱慕

我寻求一种不惊动任何人的离去

我寻求一种不惊动任何人的离去
我寻求一种含着微笑回忆的睡眠
散发出清洁棉布晒后的芳香
我寻求一种静美的死。如归的死
没有血腥气息与恐怖感
找到它我多么放心
仿佛康梦中的病孩子找到母亲的手，在夜里——
我痛苦的路虽然还很漫长
但我已看到了家在哪里
我随时可以加速回去

美丽、冷静地闪耀

我的两只手上
依然遍布两月前的针眼

我曾有过梵高式的头痛，渴望
子弹穿过头颅
我曾轻盈如一张白纸、一个幽灵

能稳稳悬浮于半空——
那些日子，我惊讶于
人在地球上也会失重当你
衰弱，当病如一种幻觉一种
气，注满你的身躯

我曾被药养育，瓶中澄澈透明的液体
如同被爱情、被痛苦
也被虚无——
我曾想招来死亡如同
死亡招来永恒的夜晚，夜晚招来星光
我曾看着自己轰然倒塌
无数玻璃的碎屑
在阳光下的土地
美丽、冷静地闪耀

我需要出去看看星星

我厌倦了说话。
我厌倦了辩白。

我需要出去看看星星
我需要在一无遮挡的
天空下，待一会儿
让风把清新的生命吹到我脸上
让风把神圣的安宁，吹入我胸中
那痛苦中孕育成熟的美
有着疲惫的神情

哦，不要把我和你隔开——
美如清晨的你
是我心里的声音
美如清晨的你
是我灵魂的安慰

宝石那样神秘

当我终于得以站上
河的对岸，面色安然
我将激起怎样纷纭的议论
如那激惹了蜂群的春天
自以为是的人们，而不让我现在就加以嘲笑

不动声色地，预先就嘲笑？

自杀是一种私奔。死
宝石那样神秘——我要守口如瓶
如同为伟大者避讳

看我怎样佩戴浑身伤口

我渴望恋爱
但又无人可以相爱
我喜欢崇拜男人
又没有男人能让我崇拜

（啊生活不在这里。生活在别处——
那看不见的事物、想象之物
我的灵魂凝望
远方的事物……）

真糟糕！我的青春就这样，坐在角落里
幻想着——头发渐白
真糟糕！我的孤独就这样，拒绝着

像一头野兽——无人可以拥抱

出来，躲在暗处的眼睛
（再没有什么比你们，更充满热情）
看我怎样佩戴浑身伤口
仿佛穿着一件名贵的、亮光闪闪的夜礼服
来到你们中间，和你们一起跳舞

极限

像一朵花开到最灿烂
我已攀升至痛苦的峰巅

我已看到喜马拉雅
那冰山上的雪莲

写下了这么多死亡

我大面积种植死亡，用我违禁的诗行
我如此不停地说出，像一个威胁
它那不可轻易说出的名字

也许，正是为了将它的魔力解除

正是为了将它，从我体内倾泻

我的生命

我的生命

我的生命

啊，更响

更紧了！岁月的铿锵。一再

提速的铁轨

你不再年轻——白发

在镜中闪耀。这冷下来的

灰，并不意味着懂得更多

生命像一节孤零零被遗弃的车厢，停在

某个久已废用的小站

带着它全部的空洞，在每一扇窗前张望

空杯

我没有什么可给你的
我手掌的温度
你早已全部拿走

可是还不够——
你积攒的冰块，足够建一幢房屋
住在里面像国王一样

砍下我的手也没用
杯子空了。多么不情愿——
这你未注入的，空了

生活，你养育我

生活，你养育我
用，泥土那样
又黑又聋又哑的

仿佛我是吃泥土的蚯蚓

我知道我还没活过
只是在昏睡中，朝
阳光世界探出
一枚，叶芽的脚尖

在秋风中，萎黄了
——这就是我生命的故事。

沉默所言

一

我所应该做的是像鼹鼠那样
挖洞
继续挖下去

在我的匮乏中将涌出更多的泉水
把我从地底送上茎端
最小的叶子

二

我是没有嘴的。

我习惯了静默，像石像的耳朵

当悲哀的马蜂在我心里做窝

哦，更长久地待在那儿吧——

在你的毒刺中让我的疼痛酿出

纯度更高的蜜

灯

我早已知悉

在我全部的生活中，唯有我的心是灯

额头，奇怪地

集中了所有皱纹。它们被扣押

作为一份，多年后的供状

这羞耻的标记——

学习，为你自己接骨吧

软弱啊，你将遍寻不到

一根树干，攀缘停靠

冬天温暖的一瞥

这足够温暖我了
石灰色的冬天——

隔着锈迹斑斑的铁栅
你看，那矮小的灌木丛里
野猪正卧在落叶
温柔的金褐色上休息

没有雪的拜访。
蜡梅在干枝上开花
它决意一路开下去

收集泪水

收集泪水，一颗颗
不要遗漏
那不曾流出的是更重的

称量一下
你生命的重量
你将得出你畏惧的
死亡的重量

别怕，在你的身体这一只
量杯里
二者奇妙的背反
将会给你平衡，它公正无欺

死亡随想（节选）

一

为什么
死的列车常常在黄昏
开来？

二

我要看看死亡

有多少张面孔——

我要看看哪一张

能让我惊恐——

三

阳光照雪山

——莽莽喜马拉雅山

平静的喜马拉雅山

六

死是倦怠。

死更是热情。

七

我们认不出，他们额头上的灰

那些秘密的死者
就平静地走动在我们中间
很可能，比我们笑得还灿烂

八

我们猜测死亡
我们嗅，我们比画它的形状
我们伸手指点它的面庞
“看，这就是死亡——”

而死者缄口
如畏惧，信守一个神秘、古老的约定。

死：是最深的秘密。

九

不要议论他人之死，作为
对死亡
和那承受了死亡的死者的敬意

他独自研读了这部大书
登高览胜
而我们才远远窥见那云雾缭绕的山巅

十

不懂得生
才试图研究死

不善于生
才在死亡中躲藏

十二

某物囚我，如茧中之蛾

我用“死亡”的钉子在墙上打洞
得呼吸而存活。

十三

别的人临摹你
用睡眠。
我用
——吻。

十六

我让我的心昏睡——

那些善于冬眠的将能活到下一个春天。

十七

我每回想茨维塔耶娃之死
我就同样死亡一次——

心灵的每一次哭泣都是死亡

十八

当我

像黎明前的弯月躬身隐退

我希望，不必再次奉命登临这人世的剧场

十九

你并未向我全部开放

在你神秘的梯级上

我仅仅是来到了

那第一级——

二十

我常常乘坐这样的列车

孤身一人，去往某地旅行

观赏

那不为人知的万千风景

我常常这样隐形
旅行，在我年轻的时候
我带着它的回忆归来
每一次归来都获得了休憩

以上四首见诗集《变色》(北岳文艺出版社，2019年)

扶桑：主治医师。获《人民文学》新浪潮诗歌奖、《十月》诗歌奖等多种奖项，入围2010年华语文学传媒大奖年度诗人提名。部分诗歌被翻译成英、德、日、韩等国文字。著有诗集《爱情诗篇》《扶桑诗选》《变色》。

张晓雪的诗

核雕者记

一

他的心，无限放大了
一枚核桃上的万古界、无忧境。
漫漫毫厘中，田埂蛰伏，
渠畔和路旁留出了许多空隙，
待一节柳枝插地发芽，
待小南风挂在树上，轻轻摇晃。

二

针尖似的蜜蜂，旁若无人亦无己。
一边翕翅，一边把清贫的小菩提
想象成宇宙的权利。

三

刻刀游弋，不急于寻找河岸、
固定人心。船桨、炉子静安于船中，
已经受戒。痴迷者沉淀纤毫，
以念珠、手卷的逼真，摁住了
人间的咳动。

四

他爱核舟上朝南的窗户、
卷帘的少妇，
胜过八百里浩渺、一万米的
追念与秋风。
爱核雕里的打谷场、菜畦和麦地，
粗布衣衫的胸襟处，
敞着粮食和蔬菜的气息。

五

他受难般地倔强。专注于

刻出一枚核桃的辽阔，
“山高月小，水落石出”，
伏首，躲避着人世粗陋的
拥挤。

机器人

一

它过人的能量
以“虚怀”和“恳切”示人。
了无生趣时，
它为我播放音乐，沏一杯茶。
铺开白纸，用颜体楷书抄写了
一首古诗。

二

流水线上，它分送玫瑰、蜡烛
和蛋糕，如同抚慰一个个陌生的
亲人：“今天是你的生日啊，
我的小主！”
对方虚弱了一下。仿佛撞到了
一个结痂的小伤口，
她双手冥合，真切地获得了
一个愿望。

三

它疏于自述，却是对弈的高手。
耕种瘠田，挫败了劳动模范。
它礼赞春日，对于脱离轨道的歧路，
则侧身回转，挥臂变冷：
我怀疑你，反对你，我
离开你。

四

大雨来临，一个踽踽独行的人
克制着坠落感，等候机器人
擎伞接送。
明明与它走在一起，你却倍感孤独。
只因它不牵你的手，只因
它交不出一颗
欢喜心。

以上二首刊于《花城》2020年第6期

晨钟

钟响，百里寂静。
旧尘震落，又覆上了新尘。

钟响时，银杏幽喟，黄叶相继离去，

后人开始描述前人的季节，

无言者向背啜泣，
保持着震颤的写意
和吟诵。

钟声里有草木，有衣袂。
耕种之手收好了锄具犁耙。

抖袖持肩，待余音散去后，
不耽搁收割、翻土、捆燕麦。

钟声轻，钟声栖上树枝，
遁入白云或巨石，像歌者认归了缄默。

钟声昭示沉思，西风是必经之路，
一阵清幽声像一个人自酿的痛苦，
只用来拒绝。

而安详和普度离人心最近，
被背叛一次，复活一次，

随钟声一缕一缕地沉入。

与钟声，在某个黎明的时刻，
为渺小者表达过贫弱心和不眠夜。

谷物与青菜

没什么可说时，
我就说转基因，于是
对五谷杂粮就产生了敌意。
没什么可说时，
就说反季节的青菜，
并替一只山羊咀嚼了浓烈的苦味。

但我们依然吃着笑着说着：
太阳承认一粒谷物或一棵青菜，
到底是供给还是需求？
说着说着我就沉默了。

是若干次练习的那种沉默。

井底之见

我此刻的安静
即为自己的局限性。
不想问题，
不质疑自己所见。
但有些事情仍需要低头，
并寻找一个自禁的井底。
如果它终归于大海，
我将欢欣地说，
一场好危机并不算浪费。

石壁与野花

那块石壁的跟前
长出了一朵野花。

像是在一个极偏僻的地方
安放了童心。

它们全都承认了自身的孤独。
只不过，一个似先知，自省。
是我们一直想抵达的东西。

另一个两手空空，等凋落，
懵懂无知地爱这个世界。

它们像好不容易走到一起，
再无未竟之事。

又像是彼此的轮回，
都保持着被解救的样子。

以热爱的名义

以热爱的名义，黄河和长江
被提供了无数次的合唱。
“奔腾，咆哮，豪迈，辽阔……”

可站在天上的人并不这么看。
映在他眼里的白光，真切地
是点缀在峰峦褶皱里的两朵浪花。

沉默、理智，且不辜负小麦、玉米、
棉花这些俗世的稼穑。

蚂蚁

它素来不做冒险之事。
静谧，微息。

爬青藤，院落冷寂，
赤脚于奇崛、裂松。

爬奇石，白云归去，
八百里楚河汉界被摸到时，
高处皆矮，输赢全无。

它素来不做冒险之事，
比如垒石、伐木、筑长城。

它进出泥土，与野葡萄、
石榴、藤梨相安无事，

不似头顶上那颗流星，
匆匆来去中证明着高处的存在。

当它拱出了沙粒，海啸后，
沙海激扬不过是杳然的顿挫。

那逐渐散去的，像露水，
只漫过了它微小的惊讶。

当它爬出了砖头瓦砾，
在大地震中侧身倾斜的那一刻，

目睹的崩溃和惊骇，
竟然是山河和石头，而非自己。

琥珀记

它从不陈述衰老和错失。

内心的波澜，
那没有生死差别的声息
像一种复活，初来乍到。

这些毫无经验的杏叶、
蜘蛛和蜜蜂，如修炼之人，
与世界失去联系太久了，
如何参透狂风和雨天的危险性?

这些毫无经验的杏叶、
蜘蛛和蜜蜂，将时间越拉越长，
越磨越亮。像心头默许的承诺书。

我触摸不到那闪闪发光的空间。
像彼岸的孤独，难以评估。

我赞叹这翕动的沉默，无一破损。
甚至想忍不住挤进去，
这样，那一万年的时光
就是我的了。

蕨类植物

不同于谷物、稻米，
铁线蕨和悬崖蕨有金属般的锋刃，
油绿绿的，幽暗粗野，
不叫铁，也不生锈。

这籽粒有限的草木，不为俗世寄生，
枝芽探出时，细小的锯齿
扶不起崎岖的稼穑。

它们高的高、瘦的瘦。
参差披散的长叶从低处的趣味开始，
一寸一寸收割大树上的蕴藉
和岩石上的泉水。
一点一点地锯碎乱草中的冷冽
与哀叹。

风铃记

风跟着，铃声像一条很响的溪流
淌过来，窗户是必经之路。

我喜欢它不能忍住的晃动。
理解这归来般的声音，
有点自问自答，又像有针对性。

它替代时钟和鸟鸣，重新布置了
我洗漱、早餐、刷碗的生动感。
类似笑声划破冥想，令小世界的偏僻
大面积地天真起来。

我喜欢房间里的小事物，
那些简单的无用之物，容易使人快乐，
容易动摇那类似铁石心肠之类的

病症。

以上九首刊于《人民文学》2021年第6期

云过屋脊

——写在钱穆、钱伟长故居

一

那块“七叶衍祥”的意义被用旧了之后，
一棵老树生出了几片新叶。

七房桥被用旧了之后
白色的石碑长出了思想。

伯渎河上，一只水鸟默然于浪尖上
练习行走，仿佛在宽恕车声和人流，

又仿佛对一个时代说，
慎喧哗，慎妄自菲薄。

二

云过屋脊，稳下来，
隐入丁家乐谱、丝竹琴和瓷碗上的
歌唱。隐入破晓的黎明，
看我们对着“私塾”行注目礼。

生动之处，
我们分明也看见了它
那微不足道的隐匿，正在讲述：
误差控制于内心，出发难有终点。

三

被力学的真理驳回的，不是刀片，
是一些需要修饰
才够得上深刻的人名。

四

据说“怀海义庄”赦免了失败者，
照看读书之人。

一页一页的书，曾伏于桌面，伏于
方寸之间。之后，变成了宽阔的江面。
那涌动的暗流，冲散了多少丧乱的
倒影和废墟。

一本一本的书，变成了平原上的雪，
敬献田间的种子，敬献啸傲泾，
流入大海，制造了深沟和波澜。

五

云过屋脊，云过素书堂时
五倍于自身的轻，十倍于自身的
洁白。只因

它迷恋的飞沙走石，呈现于

此处的巨著中，它迷恋的十面埋伏
连绵于此处故人的手迹，
辗转于楼台、梯子和一间陋室的
开阔之境。

六

太安静了，日光把现在的日子
认作过去，反复抚摸百年屋檐，
抚摸沉默的倜傥、陈旧的书。

那依次留下的暗物质，
多么皎洁而恍惚，闭上眼，
遍地光芒，一言难尽。

七

屋脊上，一朵云在洞悉庙堂的高深，
另一朵云仿佛身在清朝，陷入了
潺潺的读书声。

石峁遗址

一

越来越大的风，冲撞破碎的石头、
完整的石头、哭泣的石头、沉默的石头。

冲撞贫穷的石头、富贵的石头、
被砌死的石头、被推倒的石头，
被雕刻的石头，被砸碎的石头……

二

越来越大的风，堵住了石头欲说的
喧嚣、云锦和伏在城池中细小的睡梦。

无人留意时，它转身摁住了荒草和

云朵的低语：神木新鲜，石峁陈旧。

一切失散的阴影，正在寻找彼此
残缺的部分。

三

城墙内，无始无终的事物和虚度的
光阴越久越坚硬。无所谓孤独，
无所谓万物俱毁或仓皇潦草。

扔在身后的秀木、日光和雨水
从不告诉任何人它的前世和来生。

鸡鸣犬吠沉寂时，巨大的沉默
屏声静气，像一个结果，在原地
冷硬，深陷，蚀骨。

四

此时，城池混沌，玉器剔透，

被砌进墙缝并非本愿。它把一部分
真实隐藏了

——命运，留在少女手腕上是美德，
留在石缝里是外面有光，却黑到尽头。

它拒斥温床或靠山。不触动生死，
不记住舍弃之人。以至于无瑕之白，
被流年轻掷多次，却一无所碎。

五

那些手缝丝绸的人，失踪多年
已无从辨认。数枚骨针还骨骼于不朽，
被新时光擦了又擦，继续缝补秋叶、
薄霜和一再拆解的伤痕。

我暂时称它为失而复得的神话。
称它为密密的布置和一副好心肠。

六

此时，我看见旧日子垫高的城墙，
旁若无人地传递着一个又一个朝代，
传递霞霭、暮鼓和战场。

清点不归之途中
遗落的石雕、贝壳和口弦琴。

少女消失了，劳动者和剥削者消失了。
赞美和凌辱一律幽闭为废墟。

陶罐、锐器、壁画，一半抛闪隐喻，一半
亮着精湛的手艺。或许，其脊背早已
被时间刺透了，却不敢发出一声啼哭。

七

城外，秃尾河泡在水里，无端漫长。
就这样一生近了，又远了。宽阔
没有增加；流逝，没有减少。

蜿蜒之时，它顺着石峁落在低处的
神迹，用力甩动绵延的尾巴。

八

石头，石峁。石峁，石头。
仿佛一堆孤儿，不见一人照料。一个
与星辰与花朵一起堆积过的地方，
麻线起舞，头顶月光。
又该叫什么地方？

以上二首刊于《十月》2019年第4期

被触抚的诸生活

金镶玉酒

金玉其外，时间和蛮力

败给了其中的酒。

自我放逐的人从贪杯开始。
一杯饮下了透明的岑寂，

另一杯，饮下了白云、晓风、
和谷底的僻静。第三杯不再说话，
万有归于深陷。

金玉其外，辅以水、空气
和十万亩高粱。洞见多孔，
面壁破壁，它用了十年。

而弯曲、平缓、陡峭则是它的秘密。
当长风掠过酝酿之河，
一个殷实的山坡拖动了新世界。

金玉其外，酒是心灵的一部分。
碰杯之前，赋、比、兴像是早就写好的，
且契合了我们自身的需求。

酒歌

面对那些窃窃私语的谋士，
一杯酒，以自己的方式发言：

“当我入口半寸，即会撒下网和刀子。”
使不完美的、克制的得救。

使轻率的、荒谬的游弋往事
选择了忏悔。

“当我入口半寸”，
一腔碎银肆无忌惮地增生，

某人清瘦、光线模糊，
口齿的领悟又锋利又笨拙。

山河不容讨论，有酒便是例外。
有某种真诚就不妨碍自得。

彼时，心灵无界限，草木在偷听。

落日飘忽，急着下山了。

踩曲

无歌可踏时，就踏小麦、水和母曲。
踏出她们的愿望和遗忘。

她们的脚也是手，流水一样的笔画
有简体、隶书和甲骨文。

无休止的踩曲，徒步磨出了温度和微生物。
分布均匀的小颗粒，一半来自心迹变幻，
一半来自腰肢抒情。

进出晾堂的脚板暖洋洋的，
一格子一格子的曲坯被她们
盖上了一重岁月、一层身姿。

我惊叹于她们对力量的把握，
就像惊叹她们的偏执，必须使每一滴酒
都交错情感，获得给予和取出的能力。

赤水

这不是辗转后的样子。像春潮，
柔润。构成了与旧时光的差别。

鉴于美的不可描述，
几个渡口和完整的姓名将被我
一起遗忘。

但那渡河的故事有着不可重来的
永恒性。无声无息时，

赤水河仍流动在所有的事件中，
替它讲述意义。

彼岸幽闭，两只画眉拖着光，
像时光之灯，流水之镜，

又像对涣散而无所不为的人们
表达抗议。

本诗刊于《上海文学》2022年第2期

宅境

我喜欢浪费甜蜜的祝词，
从一朵苹果花一直到它累累的果实。

我赞美它——
与薄凉、逆光、雾霭构成的差别，
没有裂痕地结实，一步步甜下去。

我喜欢挂在绳上的衣物，
离开人体，沥干了多余的水分
像获得了一切的准许。

我赞美它的自由，在阳光下
细细的碎花成倍地荡漾着香气
和自身的空旷。

我赞美半开的门，此刻朝阳，
所剩的宽度不多。一段摩擦关在里面，

穿制服的人可以瞥见室内，
但不足以使一床、一桌、一错句
被轻易推开。

我喜欢小宅境，闭上眼睛，
赞美转身抵达的迎接和平凡的事，

每一个都接受另一个的分歧，
然后和解。每一个都身无长物，
只剩下了“我们”。

他的五个房本

如今，平坦的路上他一步一徐，
身体里再无小兽翻跃、扑动。

他摒弃了向生的力量，
下沉和湮没均无力掩护。

颤巍巍地撕下了一张水费单，
在寻找生活的路径上一退再退，
再无任何险峻的东西。

人间烟火正旺时，他内心低徊，
抚摸着五个房本的虚空，

又像是五个房本对着他，
无力扶起一间为秋风所破的茅屋，
报复他几十年来的历历悭吝。

四月

写四月的人很多，
但四月变了。

以前的四月银杏高大正直，爱自由。
现在的银杏落得那么低，欢娱花园，
像是专门用来拜谢旁观者。

以前的国槐活得像石头，
只解语内心深处的铁骨。

现在的四月，小溪蹑手蹑脚，
像客串的清水，欠了太多高远的事物，
比如石头和悬崖。

而蔚蓝只依偎山峦，只听神的启示，
对人间的过问，则带着灰白色的弱视
和怜悯。

平静

她有纯粹的宽容之心。

一杯水无须沉淀了才去喝。

对落上一粒灰尘的钟表能做到
内心擦拭，而表面平静。

薄虚的问候发来，
与一笔无危害的债务相仿，
她会选择世俗的图片来偿还。

真心忏悔过自己的过失，
但不跪地祷告。一把扇子能摇醒的
不请求神来宽恕。

她平静得像参悟了世道人心，
且越平静看到的就越多，
这多么不好。

卡通图案的床单

可惜了，朵拉、小丸子、凯蒂猫，
曾被隔壁的孩子抱过、背过，
交换过……
有时却铺在了一张病床上。

她们唱歌，玩耍，做游戏，
那个渴望被爱的病人在萧瑟中
像真切地获得了热闹的迎合。

他努力地除去汗渍和药味，
无限的伤感在于不能以健康的方式
与床单保持着干净的对称。

青瓦

雨，打在青瓦上。
先洗干净，再戒往事，戒异想。

青瓦在高处默记，
“唯有孤独恒常如新”。

像一句陋室的名语
撑住了那些将要歪倒的旧时光。

雨过后，瓦缝草和苍苔疯长，
斑驳的风向西。曾经的过客们
拄着拐杖，已经很老了。

以上六首刊于《长江文艺》2021 年第 3 期

张晓雪：职业编辑，习诗。出版诗集四部，评论集一部，获奖数次。中国作协会员，现任河南省作家协会副主席、诗歌学会副会长,《莽原》杂志副主编、编审。

小葱的诗

白鹭

从未看清楚过，让流水的皱纹破裂的
白鹭。它什么样子？也许是，
黄昏发来消息的老同学，伤感的背部。

我不认为一位哲人即将诞生，
那并不轻而易举，绝大多数伤痛，
最终归于沉寂。

反正我就是如此，拒绝随他一道坠下
回忆的悬崖，他梦游似的半生只能
和昨天说说。昨天是校园内的一棵栀子树。

在我看来，昨天未必就比今天干净，
最后的最后，我们都完美地蒸发了，

再也不会有任何缺点。哦，那花香里的轻雾。

万物都是平凡的，生来便会经过低谷，
如同白鹭，重返湖水的阴影，
夹带着春天的新。

因为迷恋一个男人

因为迷恋一个男人，我不断审视自己，
是否像银色月亮般完美又渺小。

不止一次仰望，哲学的月亮，
诗人的月亮，一切都幻生出新的意义。

灰蒙蒙雾霭，是连绵疆土，
为引他注意，我经常把自己钉在庭院，等待黎明的曙色。

一个又一个——黑暗背后藏着许许多多

怪兽，和我成为朋友。

有时候，我会幻想得到他宠爱，
变得骄纵，但更大可能是成为平庸的小妇人。

——所有光，都指向那扇窗。他会不会写诗，
没所谓，他就是诗歌本身。

他们认为，爱我一生的人尚未出现

神秘的星象学有磁石一样的吸引力，
慷慨的银河允许我随意飘浮。

也许，地球寄居在一个庞然大物的身体，
就像我是许多微生物的主宰，我是被创造出的神。

从来没人问过我的感受。此时，黑夜的好奇心，
更像我的，我们互相试探着岁月的深渊。

当我兴奋地告诉朋友们，无眠的长夜，
造物者送来礼物。

他们却一致认为，爱我一生的人尚未出现，
我需要一个丈夫，哪怕只是名义上，好听一些。

以上三首刊于《诗刊》2017年第21期

僻静的晚年生活

我学习着风拂过露珠的轻柔，
缓缓拉合她的窗帘，
清新的月亮隔帘相望，
像最恰当的思念，来自我远方的兄长，
她的长子。
这种温暖，遍布她梦境，
一棵桂树，倚在深秋臂弯。

我不过是完成她的叮嘱，
深夜过来看看，
关掉顶灯，拧开小壁灯，
电视将整夜开，若胆小的星辰，
一闪一闪向另一颗传递讯息，
她借此来抵抗，
抱枕上，无数黄叶僻静的晚年生活。

再看一眼被子是否服帖，
我就要关上门，离开她，
回归自己的书本，也可能会写一首诗。
写什么呢？杯子路过客厅的茶几，
水流被时间阴影说出，
印入墙壁的镜子，而月光怀抱慈悲，
缓缓披在所有人身上。

他的临别之际

昏睡。他身体的大部分时间，
都在经历陡峭的秋天，
灰白的皮肤屑，叶子大片地飘下，
——他神游，捡啊捡，
小心翼翼，那双老北京布鞋，
踩出沙沙声。

偶尔，他会睁开双目，望向我，
再停顿，化成无声的关怀。
（做了气管切开手术，就没有再开过口）
他思考什么，我不知道，反正是，
与混乱的世界，隔离开来。
——许多过去的场景被他再剪辑，
天花板上映。

他好像是我童年时，雪地上跌倒的
那轮不会喊疼的落日，
无边黑暗，就要终结厨房弥漫的饭香。
——坐在床边，将至的告别，可以清晰预见，
说什么好？如果祈祷有用，
我愿意一试。

我看着他从挣扎，绝望，
到安静。他把自己修炼成一个神，
在痛苦面前，保持一家之主的尊严，
他听着母亲，端来食物，
注射进脆弱的胃，这一刻，
他不会掉头离开。

他在慢慢衰竭

黄昏每天都会如约而至，他的咳嗽，
却没有规律。床头的吸痰器，

是矛盾的产物，它一面
刺激咽喉，生成新的液体，
一面抽走浓痰，带来短暂的舒适和生机。

随着管子深入，他咳嗽，
大颗大颗的星，冲出浩瀚的眼眶。
管子拔出，
他才安静下来，刚才的流星雨，
似乎是未曾发生的气象预报。

我或母亲会快速地拿纸巾，
擦掉管子上残留物，
把白色的泡沫丢入垃圾桶。
他躺着，咽喉上的钢管，
被一片轻飘、干净的纱布重新遮住。

他的身体插着几根管，分别通向
胃、肺和膀胱，仿佛一条条河，
汇聚向生命的源头。我知道，那并非延续，
将一点点收缩，耗干剩余的精力，
他已去日无多。而我的来处，也将随之消逝。

致意

我是天空小小拖拉机载来的乘客，
被雷电击倒，又插上翅膀复活。

江边红顶的木房子平放着秋天的身体，
白桦林用力舒展开青春的眼尾纹。

从俄罗斯飞来的鸥鸟，不需要护照，
准备好接受风的动心。

白云们躺在地平线上，等待我的抚慰，
可我只是一个外地姑娘，转眼就会悲伤地离去。

什么是陌生的安宁？就在这儿——
空旷的天地间，我低下眉头。

当星辰的风暴停息，
蓝莓果凝着新鲜的平静，繁盛着大地。

谷雨

算来今日之后，万物会与春宵生离，
于我于她，是好事，坏事？
此间晚照啊，此间杨柳，陷在悔恨中。

闲聊过的那只蜗牛，仍停留在
木椅的缝隙，被暮光抱着；我软弱单纯的朋友，
被迫结束了平静的生活。

我竟惆怅暗生。蛙鸣不合时宜地响起，
微风一遍遍推走浮萍，众人散尽，
月亮纯洁得没有意义。

以上五首刊于《诗刊》2016年第12期

小葱：女，本名郭靖，1978年生，河南新乡人，中国作家协会会员，河南省作家协会理事，新乡市作家协会副主席，新乡市诗歌学会常务副主席。发表诗歌于《诗刊》《星星诗刊》《青年作家》《汉诗》《诗歌月刊》《诗潮》《中国诗歌》《诗选刊》《绿风》《诗林》《诗江南》《广西文学》《北方文学》《中西诗歌》《创世纪诗刊》《乾坤诗刊》等刊物，出版诗集《夜鸟穿上鞋子旅行》《青葱》，参加诗刊社第32届青春诗会。

楚茗的诗

妈妈

妈妈，我正走在雨中
如果可以爬上你的衣架
把自己摊开，晾晒
我一定挑个好天气，在风里撒娇
并说一句：“瞧啊，我就这样”
这样把南方的雨穿到北方凝结
这样看遍旷野的低树，这样又痞又颓
从南到北，一路破碎

我还要告诉你，我是如何睡去的
你的少年抓住了无边的黑
整晚都翻不过巴山的脊背
你的少年，只有在你身边时才是少年
现在，他老得很快，牙齿脱落

嚼不动坚硬的生活

落在春天后面

有些花落在春天后面
她觉得自己被爱着，谁也不用惊动
好像这里，是她走过很多城市
甘心衰老的地方

三月太短，但她有无数个来年
和她的红墙，一起斑驳
和她的夕阳，一岁一枯荣地踱步

在一个小小的角落里
天空垂下最柔软的羽翼
她被世界爱着，轻声呼吸

蓝色窗帘

幕后一出戏都没有
蓝色窗帘也一动不动
幕后的老人，身体往椅子里沉
他又下降了一点
不惹尘埃，退出春风得意

窗外繁盛，他早有耳闻
鸟声如雷鸣，念与唱，空空
草木无心，空空撑起一个春天
幕后一出戏都没有
蓝色窗帘动了一下
他立马躲进年轻的身体
在台上，做春天里的无心草木

小日子

时光再悠闲
不及我们一起消化的茶余饭后
黄昏在脚下轻渡，春风暖暖
日子小小的，我们牵着它散步

街巷静默，我挽着你，挽起宇宙
你小小的心思，我不说透
今天被轻轻咀嚼后
有个人，他要远走！

他要远走，像此刻的叹号！
我不说透，小日子依旧小小的
可今天过后，我们的双手和怀抱
再也温暖不了这偌大的星球

到你的星球入睡

把路过你的黑夜分给我
此刻我们躲在不同的角落
陌生人与陌生人之间，无须细想

在你繁华的都市里，分我一条小巷
今夜，我扮你的模样，敲打石墙
声音远去时，也同样悲伤

今夜，让我到你的星球入睡
我这里啊，夜不够黑

让我到你的星球入睡
我的孤岛没在海里安放
它此刻，悬在天上

老日历

今天衰落了
老日历的伤口在变深
门前的枯枝已打探不到夕阳

不相识的人要撕去同样的一天
他们撕去，谁也不面对
抓住又丢掉，转身而来的自己

旧的一天飞到窗外了，大雪纷飞
即使慢一点，也难以看清交替

省略号

我找了一堆理由流浪
硬要把纸里常住的人写成过客
把山水收藏的画当成他乡

然而这硬拉来的万物
却无法一起愉快地忧伤

曾经一起谈星斗的山冈
如今抱在怀里，分外空旷

风在吹，只有它本身无尽生长
这是多么恰当的省略啊
我决定在笔下的六个圆点里
大哭一场

以上七首刊于《诗刊》2016年第22期

楚茗：河南开封人，自由编剧，26岁，现居北京，诗歌见于《诗刊》《扬子江》《散文诗》等刊物，曾获“第六届扬子江青年诗人奖”。

萍子的诗

惊蛰（一）

我愿意把一切都看作好意
比如这场惊蛰的大雪
不声不响覆盖所有
让春天有一个干干净净的开始
比如这场倒春寒
让人再次憬悟
有信心，就无所畏惧

江南的梅花开得正好
黄河两岸杨柳吐絮
母亲已如期回到乡下
蛹已经醒来，桃树
为蝴蝶备好了花翅
许多话我没有说出口

你金刚般的智慧
必先期抵达，大地松动
心潮汹涌无边绿意

惊蛰（二）

雪是悄悄落下来的
却总是能引起惊喜的叫声

他说，窗外飘雪花了
我们都来作首诗吧

雪是轻轻落下来的
却总是能唤醒沉睡的梦

你说，谢天谢地
我可以和孩子打雪仗啦

雪是静静落下来的
却总是能引起内心的冲动

她说，我要骑一匹白马出门
披着一件红色的斗篷

雪是缓缓飘下来的
雪中的脚步也走得从容

从远处传来的声波
带着恒定不变的体温

亲爱的，我们去听古琴吧
围炉夜话，把一壶滚茶喝到恬静

朋友们，一起到古城墙上走走吧
听一听雪落在三千六百年前的声音

哦，多少思绪
都任凭它们自生自灭

我迟迟不愿
把诗句写在纸上

只恐怕，落笔的时候
手指的温度会把纷纷的雪片融化

立夏（一）

迎夏的仪仗已向南郊出发
朱衣玉佩，朱车赤马

红旗猎猎，展开无边无际
麦穗的清香

蛙试新鼓，锄影闪亮
油菜的芬芳逼近粮仓

一场雨

会激起无数丰收的涟漪

我已在子夜
悄悄为你洒下泪滴

啊！你热烈的目光
将蓬勃的绿燃成黄金

那时，噢，那时
我甘愿被欢庆的酒杯遗忘

立夏（二）

像一叠瀑布落入深潭
我在这个春天迅速老去
无视花开
如此轻易地忘掉心事

你一定懂，那些并未说出的话语
你一定能够感知我沉潜的过程
被搁置的花朵
被抛弃的蔬菜
被染污的海水和空气
被有意无意省略的恐惧
何曾如此贴近
这滚雷般的轰鸣促人沉思

果真已如此衰弱？
仿佛，连爱与思念也不值一提
不，我记得你的每一缕微笑
每一句暖心的话语
夏天到来的时候
我必将以激流的形式再次起程
必将重新长出茂密的青丝
一切都不会改变，你知道的
那些美好的事物
将一一回到我们心里

夏至

麦收过后
田野一夜间长出新苗
蝉不舍昼夜
一遍遍唱起了悟的歌谣

吃过夏至面，一天短一线
老祖先早已看破阴阳的嬗变

我曾经在短促的春天浪费许多时光
在这个漫长的夏天却异常警醒
想知道，你是从哪里获得了热情

哦，从你的眼睛里我找到了答案
水边的菖蒲，花园中的木槿
晴空闪耀着不知疲倦的星辰……

或许，在钟摆停止之前我会说

我曾经那样爱你

像母亲、女儿、姊妹一样热爱你

而时光之水如此浩荡

或许，我终将不置一词

唯有感叹

这最长的一天，真好

让我遇见你，握手，告别

在芬芳的晚风中写下怀恋的诗句

噢，这平凡而又伟大的一天

千百年来打着感恩的印记

生生不息的土地被庄严地摆上祭坛

古今同心，供奉如仪

大暑（一）

炙手可热的日子总是毁誉参半

有人抱怨它的酷暑

有人称颂它的烈焰

植物疯长，刻不容缓

甜美的果实迅速衰败

令人厌倦。炙手可热的日子

毒药般迷醉

赤裸无遗，真实近乎虚幻

是热烈而无情的爱人

是严厉而慈悲的导师

是当头棒喝是霹雳闪电

暴雨，雷雨，阵雨

渐渐熄灭欲望之火

莲花绽放素颜

秋气西来。我庆幸

你将进入悠长清净的

黄金季节。期待

在一个茉莉飘香的午后

遇见你。相视一笑

春风满面

大暑（二）

不辞辛苦
走向夏季最炽热的一天
心有些落寞
后背尚有未愈的风寒
碧绿的田野打开高速路
一弯碧湖捧出几亩荷田
青山四围，水绕三面
一座孤岛足以托付身心
风将每一缕心事温暖
忧郁的沉思者不再沉默
大声言说，无须遮掩
哦，石头开出了九朵莲花
会心的微笑是最美的一朵
甘泉引路，昨夜的雨水
在石阶上闪烁

菩萨保佑一路平安

莲花洞中清凉无染

多么好，多么幸运

这珍贵的一天多么圆满

立秋

穿过喧闹的街市

亲近一池绿水

这个秋天从赏荷开始

美貌的天人

与净土隔着咫尺

我眷恋所有难得的缘分

一路奔走，一次

再一次与你们相聚

听说，不断有人在离开

去往不知所终的地方

医院的走廊里躺满不幸的人

噢，我有多么可怜他们

就有多么珍重你

别忘了给我你的微笑

即使你可以主宰世界

看啊，夜的舞台上

优雅的歌者

娓娓诉说衷肠

我心疼她

为之洒下悲伤的泪雨

而凉意尚浅

我仍然对前路充满热情

在星光下与心爱的小妹一起

采摘蜜桃

谛听蟋蟀清亮的叫声

这一切，怎一个“秋”字

说得

处暑

一场秋雨
披一层薄凉在身上
盛夏的光焰渐渐熄灭
金色的火种被果实收藏

季节的轮回多么迅速
真该伏在一棵老树干上
痛哭一场

想起四月的那个黄昏
还是笑了
为命运的眷顾向天地顶礼

从春到夏
一盏心灯总是亮着

天冷的时候

请一定记得问候我啊

何止这些

千年

万年

又何妨

白露（一）

一场热情

不可遏制地冷却下来

凝结为黎明腮边的几许清泪

又梦见

你走在身后

不知何时已悄然丢失

路在很高的地方
少年跳跃而下，无有畏惧
中年人忧虑而孤单
除了一截求生的绳索

始终未能在日出之前醒来
目睹一场梦
如何结局

白露（二）

我看见天空成群飞过的水滴
你看到早晨湿润的花朵
我看见虚空的因
你看到清晰的果
真正智慧的，是你
不是我

我几乎忘记了所有过错
你记得一切痛苦和欢乐
该深切忏悔的
不是你而是我

我给予你的那么少
你回报我的这样多
该安心享福的
是你，不是我

秋分（一）

晴到多云
11到28度
东南风2到3级

这一天的天气预报
很准

5时19分，秋分时刻
是谁，在哪里
陷入莫名的心慌之中

一年中最后的温暖
我喜欢
这微凉的思念

颗粒归仓
农人已播下
来年的粮食

金风玉露
纵然是
再一次泄露了生命的秘密

我喜欢，接受
并且珍惜
这一生中最后的温暖

秋分（二）

这一轮圆月
无端地让我想要哭泣
难道还不够幸福吗
美满的月是那样慈悲
用他的光辉打开明净
将繁星的忧郁轻轻拭去
唯有金星相伴
宇宙腮边的一颗琥珀泪
无可回避的伤悲
更是累世修行的善缘
怎能不顶礼感恩
岁月沧桑
我心一如初见时真纯
秋正好留不住红颜
我是金星
是你生生世世的知音

寒露（一）

太阳一步一步远了
月亮一寸一寸瘦了

风儿一阵一阵凉了
手脚一天一天冷了

泪珠一夜一夜多了
心儿越来越笃定了

爱，不会抱怨
任它寒露为霜
为冰
爱不似候鸟追逐温暖
凭白发千尺
铺一地缱绻

寒露（二）

三十年之后
熄灭的不再是火焰
留在心底的是终生的温暖

菊花黄时
携手南行
五朵山
珍藏着我们年少时的欢颜

走过的山村
饮过的清泉
群峰环抱的打麦场
云遮雾罩的古道观
噢，青山依旧
茫然不识归途

往日景物不复再现

所幸，人皆安好
（愿仙逝者都到好地方）
老父亲仍可田间劳作
老母亲拒绝馈赠
的手劲儿不减当年
带我们翻山越岭的男孩
仍然守着家乡的山水
出口贸易却做得很远
领我们走亲戚的少年
仁厚深沉，儿女双全
小妹妹也已成家立业
所有的人，都还记得
我们的姓名和十七八岁的容颜

四棵树乡
这个多么亲切的院落
马尾松枝依然堆在灶火旁
一瓶清酒窖藏在记忆深处
烧玉米红柿子素饺子

胜过世上所有大餐
小哥哥指间烟草的味道
和山坡上的暮霭相明灭
晚风过处
林涛默默
也不知
有否眼泪滑下一颗

哦，那时
除了青春我们一无所有
心里装得下整个世界
而今，当星光化为露珠
在告别的道旁闪烁
除了庆幸与感恩
这相识的缘分
我们已不再希求更多

霜降

带着萝卜的脆
柿子的甜
菊花的鲜
树叶的艳
从空中落下来
在深秋嫣红的面颊
敷一层冷香的粉

霜
降

糖葫芦一样
酸甜可口的音节
足以拨动所有人的心弦

一匹斑斓的织锦
层层叠叠
缠绕在北半球风姿绰约的腰间

岁月如此静好
连最忧伤的人也忘记了烦恼

让我以为
你会这样
终生与我相随

立冬（一）

天冷了
热情也需要收藏起来
放在不会结冰的地方
等待春天
长出新芽

立冬（二）

风乍起

黄叶纷飞

生命的悲凉涌出眼底

天地不为所动，会心

一笑，抖落负累

秋水共荻花沉思

又立冬了，又一个春天

即将到来

会心一笑

岁月静美

小雪（一）

一朵花
永远不会说出她开放的秘密

在滚烫的思绪中沉淀下来
碧绿的叶捧出她的金色
芳香的魂魄出走天涯

回首之际
泪如雨下

大地的冷
承受不起这份轻盈

多少不曾表白的话
就这样悄悄飘落

比所有的雨水都干净

仿佛星光

在幽暗的夜空写下童话

小雪（二）

南来的风

吹开入冬后小阳春般的笑容

我知道，你有一个红色的梦

就像小时候在太阳下

闭上眼，所看到的最美丽的红

我知道你一直在奔跑

有一天，带着满身热气跑进严冬

我愿意自己是一场雪

有着世上最温柔的心情

我也有了一个梦想，白色的

像雪后的空气那样洁净

只为了对你说

如果冬天可以下雪

如果冰雪可以消融

我们的梦，又怎能不盛开

一个个春天

化为和风细雨，柳绿花红

大雪

今日大雪

将日历虚掩

沉湎于这两个字已经年

比事实更真实

比梦幻更虚幻

一夜之间

褪尽红颜

在一场大雪中忍住泪水

真的很难

血始终是热的

心始终是热的

找不到能够哭泣的地方

甚至理由

天很冷

不能打湿这个夜晚

水，不在乎形式

因痛苦而飞翔

比自身轻盈

比冰凌温暖

在这个日子

入禅

在一场大雪中痛哭

不让任何人看见

雪人的眼睛是黑的

鼻子是红的

你看见的

只是漫天飞舞的花瓣

大寒（一）

总是在走

什么能留住匆匆的脚步

总是沉醉

谁来叫醒不知所终的梦

期待一场大雪

说出内心的忧伤和孤单

如果迟早能够看见太阳

又何必在乎这半明半暗的灯光

大寒（二）

玫瑰也好
康乃馨也好
还有漫天飞舞的雪花
装点一年中最后的节气
令人惊喜的又一场相逢
这生命的盛宴和节日

菜香圃，温暖的房屋
有着步步登高的阶梯
兄弟姐妹团团围坐
蜡烛被一一珍重点燃
被默默许下的愿望一口气收藏

青，萍

出生在大寒时节的女子
有着同样的纯真和善良
同样对温暖在心在意
亲爱的朋友
我会因你们的情谊
再次爱上这糟糕的尘世

抱着满怀玫瑰回家
转过冬天的街角
就被春天包围了

以上二十三首见诗集《我的二十四节气》

（河南大学出版社，2012年）

萍子：本名张爱萍，河南临颍人。1982年开始文学创作并发表作品，出版《萍子观水》《我的二十四节气》等诗集七部和散文集一部。曾获河南省文学艺术优秀成果奖、河南省五四文艺奖金奖、中原诗歌突出贡献奖。系中国作协会员、省宣传文化系统“四个一批人才”、省诗歌学会副会长兼秘书长、省文联副主席、省文学院专业作家。

马万里的诗

我的生命册

不一样的铁钉

妈妈的胯骨上置入过一枚铁钉
火化时，我连同骨灰一起捧
回了家
下葬的时候，我把它偷偷拿走
瘸腿的妈妈，从此就可以健
步如飞了
三十年后我的腰椎上也被置
入六枚铁钉
我是妈妈的延续
我忘了
妈妈的小名叫铁妞
现在，妈妈身上的铁钉

缝隙里藏着骨灰

而我取出来的铁钉，沾着陈

旧的血迹

这是一条温暖的血带啊

两种材质不同的铁钉

就这样并排放在了一起

命运

让她们成为母女

你可以将我忽略不计

多少年的光阴让我们相逢

你说我要是男人多好

我们一定是过命的兄弟

我相信感应

迷恋旧梦

而我深陷噩梦时

你一定不在

这很好

恰恰符合

你的好名声

麻药吟

你不必来找我
麻药一进血管
军舰立马起航
我将去往哪里？
门外的人
天上的人
连同游离的白云
浮动的尘埃
暂时都远离了我

麻药

吉凶待定
是新生还是归去
我拗不过命运
一碰即碎
总是竹篮打水
比空还空

原以为就这样从此不再醒来

离开了大地

如此淡定

之后所有的一切天知地知

他们的缄默就是对我的疼爱

他们的开口就是云开雾散

神啊！原谅我这么多年的

遍布荒芜

珍爱

我不想就这样听天由命

必须灿烂鲜活

行走至此

也没能修成正果

肚大依然不能成佛

这一切与古人多么相似

这一生与古人多么相似

有悲有喜

感谢生活赐予的五味杂陈

两张白纸

夜色如墨

小酒微醺

人群散去

两人

坐在大学门口的路边

这是夏天

不必相互取暖

不咸不淡说话

没有拉手

太多的人从他们身边一晃而过

没有脚步停留

一个小时后，俩人离开

不约而同地回眸

两张白纸

还端端正正地坐在那里

还有体温和心跳

夜色露水是否会打湿他们

我突然看见两张白纸上

写满了爱怜

一只鸟喊我的乳名

喜欢青山隐隐
百鸟齐鸣
更喜欢一座孤山傲然挺立
我来与不来
都仿若夜空明月高悬
在孤山，看到门楣上
旭日东升　龙凤呈祥　礼仪门
看到红石榴　青苹果　黄蜜蜂
看到竹子　陶罐　瓷器　旧梦
有风或无风，今天我都置身
其中
看到你时
我的指尖微微颤抖
仿若风中空悬的秋千
翠竹摇响风铃
古槐高过屋顶
一个人对另一个人的诉说
只有风知道
在孤山我的胸襟如此辽阔

无月，月在心中
借助一管笛音拂尘梦
一瓶老酒醉园春
喊出内心的芽尖
谁能接住我遍布的潮涌
哦，一只鸟在黎明喊我的乳名
又把我带向了远方

本诗刊于《北京文学》2019年第3期

马万里：中国作家协会会员，鲁迅文学院第二十二届中青年作家高级研修班学员，河南省诗歌学会理事、杂文家协会理事，焦作日报社副刊编辑。2002年起先后在《诗刊》《诗神》《北京文学》《清远日报》《散文报》《文艺报》《延河》《山花》《中国作家报》《山东文学》《金山》《青春》《青年文学》《大别山诗刊》《河南日报》《牡丹》《南方周末》《大河报》等多家报刊发表小说、诗歌、散文千余（篇）首。

韩冰的诗

云梦山看日出

云梦山下，一条河
拍打着满山的草木往上长
仿佛赶着去拯救
风吹着旷野
让长亭变短
我推开波澜
往山下走
多么像它奔走的一条支流

本诗刊于《诗选刊》2016年第11—12期

菊花朵朵开

是迎来送往的清风，是琴瑟和鸣的丝弦
微微颤动越来越密集的喜悦
时间停止了流淌，天上的流云和
千万条河流合拢又分开

柔顺的、典雅的、明丽的
狂放的、千娇百媚的、新时代汹涌的浪涛
洗去浮华和杂尘，安放宽阔的新天地
转过小桥和水路的阳光，紧紧抓住神的船桨

它们截住所有的河流，让世界重新排列
多年生宿根草本植物中，让万物之躯
都有来路和去向，它们是奔跑在我身体里的
金钱豹，血肉相连、秉承一脉（安享俗世的欢愉）

它们凌霜时我正凌霜

它们开放时我亦盛开

本诗刊于《绿风》2018年第5期

韩冰： 中国作家协会会员。周口市作协副主席。作品散见于《人民文学》《诗刊》《莽原》《诗选刊》《星星》《诗潮》《绿风》《中国百年诗人新诗精选》《中国百年女性散文诗选》等期刊和选本。曾荣获《人民文学》杂志社主办的全国散文大赛一等奖、首届三苏诗歌奖、第五届中国曹植诗歌奖、第二十八届鲁藜诗歌奖。著有诗集《欢颜》《又见花开》等。

半壁心空的诗

小巷，城市的朱砂

小巷，一直与我为邻
凝望着城市的前生
缝隙里填满鸡鸣狗吠、柴米油盐
日子，树皮般粗糙

比小楷的娟秀
月下翻阅白天车水马龙
鸟儿和梦想一起飞过头顶
朱漆大门，关着声声慢的韵脚
红杏出墙的三月，青石板默不出声

一颗朱砂
长在城市的心坎
夜晚，风儿踱着方步

小巷，打开生锈的窗口
搬出一些家长里短

中秋月

今夜，我仰望天空
月光如一瓷易碎的青花
扑入怀里，划破记忆
生出一些温暖的疼

很想用八月的风
织一张网，网住我的亲人
围坐在身边，剥开大红石榴
吃着香甜的月饼，笑声郁郁葱葱
此时的中秋，走向高潮

借几颗星星
插入你今晚的梦境

一定有三月的杨树林
还有你漫过草尖的口哨声
年轻的我，盯着两只飞舞的蝴蝶
看，这多像是爱情

还是和桂子相约吧
拥一怀花香入梦
梦里，有雨中的小巷
和你温馨的笑容
月光，一片片，落在心上

北方，秋雨的拔节

北方，被秋雨一层层剥开
高粱、玉米，大红的苹果、柿子
一场矜持的繁华
摇着岁月的橹，粉墨登场

风把秋天一寸寸吹高
有很多落叶走在身旁
我在秋雨里奔跑
追赶一辆名叫时光的马车
日子却坐在马车上，扬长而去

多想把北方抱在怀里
把那些红的枫叶、黄的果实
镶嵌在心上
然后和胡杨林一起跋涉
抵达千年之前的长河落日
以一个诗人的身份
敲开唐宋的庭院深深

别问，是秋雨拔节了北方
还是北方拔节了秋雨

水

以躺下的姿势延伸自己
看似柔弱无骨
却酝酿着惊涛拍岸
一次次撞击
这万丈红尘

大江东去，留下历史脚印
曹操静观沧海，苏轼击水而歌
载舟的运河，倾覆一个朝代
无疑，水是一种智慧
以柔克刚，面对田野和山林
心怀梦想，走自己的路

岁月如水，我取一瓢
给你，伊人红装

平凡的日子，干净的河床
一叶轻舟，顺流而下
而你，站在彼岸
肩上扛着蹉跎沧桑

等待，一场禅意的修行

歌声一点点攀爬
沿着春风、草叶和树枝
三月如期前行

鸟儿飞过
你叼着一季的花香
向我走来，紧贴岁月的墙壁

凝望这垂落的雨滴
书写一条时光的河
左岸是你，右岸是我

思念没过我的膝盖、头顶
穿过月光的白，天空的蓝
在春风里拔节、灌浆

很多无奈油然而生
游离在白天夜晚之间
风吹一下，就长出一寸

仰望天边的云
有一滴泪，跌下
日子不宽不窄，无语

等待，在花开花落
绕过红灯绿灯
平铺过程，不问尾声

失眠

谁种下蛊
让我的夜瘦骨如柴
在风里迟疑，颤抖

远方的星子，奔跑的黑暗
和我一起嘶鸣
裹住记忆的根须

是谁，把月牙当船
划过北方的草原
在心房里赶路

枕着这漫漫长夜
将一路风尘，缩短

在晨曦到达之前，挥鞭

以上六首刊于《芒种》2019年第1期

半壁心空：原名冯玥瑛。中国诗歌学会会员，河南省作家协会会员，市作协副秘书长、潢川县作协主席。作品散见于《人民日报》《中国企业报》《企业家日报》《诗刊》《星星》《诗选刊》《诗歌月刊》《扬子江诗刊》《芒种》《延河》《四川诗歌》《星河》《辽河》《湛江文学》等，多次入选诗歌、散文年选，多次获奖。

黄俊霞的诗

春天已至

春已至，风是去年的经文
空中的蓝把时间拉长
绿树在冬阳下摇曳
喜鹊在草地觅食
那场已逝的残雪
树上的白，地上的白
都是净化心灵的草稿

葡萄酒降伏安静的心

湖面

宝津楼下

广场舞是一道风景

夕阳褪下余晖

霓虹灯照亮夜空

游泳者伸展着四肢

湖面泛起涟漪

此时，空调小屋内

用目光注视着垂柳和水草混淆

加冰的白色葡萄酒

降伏安静的心

以上二首刊于《诗潮》2021年第10期

黄俊霞：笔名金霞，河南太康人，现居开封，河南省作协会员，河南省散文诗学会理事，有作品先后发表于《诗潮》《诗歌周刊》《大观诗歌》《嘉应文学》《辽河》《大河报》《开封日报》《中国诗人》《河南诗人》《中原散文诗》《天津诗人》《开封日报》等报章杂志及网络平台。

芥子豆的诗

送流水

秋天
我爬到小河边的木樨树上
伤残的叶子
暗淡的花蕾，和灰尘
纷纷落到水里
她印堂上微弱的光斑
随河流的身体漂走
旋涡里，与我激烈争辩
像噬心的恶魔
企图抢夺肉体的王杖，鞭打灵魂
我努力保持人形
水面上，木樨花遮挡住旧皮囊
懦弱，暗黑，伪善，邪恶……

暗中纠结

我脱掉木樨树的青苔，送走流水

另一个我

赶往乌有之乡。

下山

山那边，有山

有楠木

有鸟鸣

有一声不吭的石头

带一块楠木下山

取出琴声

翻过山，流水就来了

鸣鸟不停地叫

静夜就来了。

把一个人的碎片放进去

旋转的木纹，寂静

能让石头开花

静夜，楠木一样寂寞的光阴

长它的叶子

鸣鸟轻轻一跃

人形的树身，折返山林

以上二首刊于《诗潮》2019年第3期

芥子豆：原名徐侠，河南杞县人。河南省作家协会会员。作品散见《散文诗》《诗潮》《诗歌风赏》等刊。有诗歌、散文诗作品入选年度选本。

庞娟的诗

微凉的词语

我看透八月的深意
火焰不断被点燃，被熄灭
海水轻易遣散内心的秘密
跟着泥沙的脚印奔跑
还豢养我内心微凉的词语
看到：山顶的风反复修葺山间的路面
来和我相遇
还修葺我内心不断苍老的草
我承认自己是沙泥
承认在火焰中煅烧成盐粒、晨光
送给我最亲的人
火焰，更像我的泪水
风吹过，暮色沿着山坡降临
星光照着八月

一路向西流。石头点燃秋风
慢慢焚烧白天收割的浪花
暮色深情，我记下海水、泥沙、岸堤
以及火焰在石头中的修行
而泪水越加金黄

本诗刊于《诗潮》2021年第10期

庞娟：笔名向晴，河南开封人，有诗歌在《星星》《诗潮》《散文诗》《大观》《延安文学》《上海诗人》等文学期刊发表，出版诗集《灵魂的清晨》等。河南省作协会员，第20届全国散文诗笔会代表。

张悦的诗

诗，隐喻一种

切割时间和思绪的碎块搭建
一所房子，居住最孤独的充实。
砌入墙面平整
是曲折交错的幽径，
从世界尽头重返内心。
推开天窗群星寂如落雪。
屋顶展翼护住孵化奇想的巢。
把山火摁进炉膛，巨浪收入水槽。
节制的欲望和言语，稳若梁柱。
文字驯服幼兽
日夜紧咬门环的警醒，
守住门内，扫除时间脚印
平静外衣下的风暴。

本诗刊于《诗潮》2021年第10期

张悦：笔名言拙，河南开封人。文学硕士，河南省作家协会会员，河南省文艺评论家协会会员，河南省散文诗学会理事。诗歌评论在《星星·诗歌理论》《诗探索》《散文诗》《新文学评论》《四川诗歌》《中文学刊》等刊物及中国诗歌网发表；诗歌简评被中国诗歌网“今日好诗”编委会评选为最佳点评；诗作在《诗林》《诗潮》《散文诗》《星火》《奔流》《大观》《牡丹》《大河诗歌》等刊物发表。

刘术香的诗

把阳光搬回从前

在春天，
我把阳光搬回从前，
一扇窗，一个花瓶，
或一张纸，在从前。

一扇窗是别人的，
高于左邻右舍的屋顶，
高于大树，高于飞鸟的痕迹。
风一吹，窗把窗的故事抖落，
故事里的花瓶，
故事里的纸，轻轻晃动，
自言自语。

将阳光搬回从前，

即搬入一个黑色房间，

照亮某场时空，

某些酸甜苦辣，

某种眼神，某团指纹。

阳光照着它们，

我一一清点，擦拭，

然后微笑或落泪。

或许我是局外人，

从前不是我的，

从前里的一切不是我的。

而生活依旧，

每一粒光都怀揣从前。

远方之爱

黎明到来，

远方还在远方。

星星说了太多的话，
簇拥，飞着，盘旋，
与风擦肩，与云擦肩，
向着远方，形成远方。

远方与远方之间，
时光就着蜿蜒，
一扇门，一扇窗，
一台折子戏，
风是过客，风是主人，
风拉开风的把手，
风合上风的闸门，
风抵达，风退缩，
风，使万事万物辽阔。

收藏远方，折叠远方，
石板长路吐出青蓝，
记忆结成绳索，
点缀星星之影，
一而再地合成，
海鸥飞翔，鸽哨掠过，

前后左右远着，

远着辽阔，远着收拢，

气息凝成红云，

朵朵飘逸呀——

生命之爱，天地间潇洒。

以上二首刊于《绿风》2021年第3期

刘术香：中国作家协会会员。作品散见于《诗刊》《绿风》《诗选刊》《读者》(原创版)、《奔流》《山西文学》《散文诗》《扬子晚报》《天津诗人》《河南诗人》等。已出版《风吹无语》《远去的风铃》《柔软的世界》《句子里的光芒》等诗集。

袁瑞芳的诗

旧事记

旧的时间里
我跟随那些盘山路
一起蜿蜒，一起拾级而上
看似悠闲的人
却肩负走马观花的使命
匆匆来，匆匆去
在旖旎阔绰的景色里
孩子软软的小手垂下来
睡进了八月的武当山

在一个大殿回廊的石凳上坐下
我看着那些忙着批签解卦的
不知他们是真僧道还是俗家乔扮
反正都煞有介事的

穿道袍着僧履

他们说的话至今还记得一句

说我晚景很好

中年凄凉

一米阳光

跑出天的海，光脚的孩子

站在离爱情最近的地方眨眼睛

金灿灿的花朵，吐着她的甜

一米的微笑，一米的温暖

扇着翅膀，过路的山雀欢喜地说：

亲爱的，无须闪躲

我们就在这一米的浪漫里

相亲相爱

追着岁月，我斑斓的木马

在时光肩头飞转

在生满皱褶的日子里
我们一起去种色彩——
种出春的粉，种出秋的黄，
种出白天的白，种出黑夜的黑
种出虫鸣和花香
生命指尖上
种出心中不老的童话

造访云梦山

像株抱紧自己的老树
在冬天不露声色
慕名而来的俗人
我登山崖，钻石洞，双手合十
用高过头顶的虔诚
拜王禅，拜孙膑，拜各路真神

拾阶，我在石头上

一路被云梦山的灰尘认领

擦肩而过的人，他们不和我说话

大家都各揣心事

进庙烧香，跪地叩头

偌大一座名山

除几尊佛像

估计没人认识我

秋日私语

沿滴滴雨水

我已进入暮秋

和那些在杂草丛生长的野菊一样

盘踞在生命的渡口

用尽自己的色彩

把多舛的岁月点缀

是不是最美那朵

我不管，只要尽力绽放就是最好
不管谁在意或者不在意
我都会在那里
不躲不藏
舍光周身血肉
去散发自己特有的芬芳

以上四首刊于《天涯诗刊》2020年第4期

袁瑞芳：中国诗歌学会会员，河南省作家协会会员，河南省诗歌协会会员，河南省诗歌创作研究会会员，鹤壁市作家协会理事。著有诗集《仰望流星雨》。被收录2017年中国诗坛实力诗人名录。

编后记

张　莉

这些年来，我一直关注基层女性的写作成绩，我希望越来越多的女作者拿起笔写作，希望以编选集的形式鼓励她们的创作，进而推动中国女性文学的发展。某种意义上，“新世纪河南女作家作品选”的出版，实现了我的编选期待。

这套书共分为四卷，中篇小说卷（上、下）、短篇小说卷、散文卷和诗歌卷，旨在全面收集、整理新世纪以来河南女作家所取得的创作成绩。我们的编纂要求尽可能全面搜集到期刊上发表过的同时也能代表女作家文学品质的文本。每卷选本都经过编者们的仔细挑选，我们希望它既能代表二十多年来河南女性文学所取得的成就，也能展现各行各业女性写作者的风貌，尤其要关注到新世纪以来河南省培养的新一代女作家群体。

我所希望的是，这套书既有文学代表性，也有作者的广泛性。正如大家所看到的，这套作品选不仅收录了何向阳、邵丽、蓝蓝、梁鸿、乔叶、杜涯、计文君、傅爱毛等作家、诗人的作品，也收录了包括新一代作家鱼禾、牛红丽、碎碎、王苏辛等人的代表作，另外，我们尽最大可能地收录了河南各地基层写作者的作品。这些作者有的来自郑州、开封、许昌、平顶山、安阳、焦作、三门峡、周口，有的来自商丘、驻马店、信阳、南阳、漯河、鹤壁、济源、濮阳、新乡、洛阳等地，基本涵括了河南全省各个基层作协的女作者。我们在每篇作品后面附上了她们的个人简介，以便读者对她们有更多的了解。这些作品大多数是这些女性在工作和家务劳动的间隙写下的，很多作品也是第一次被收录。可以说，“新世纪河南女作家作品选”代表了河南各地女作者的集体创作风貌。在阅读这些作品时，我不仅感受到河南女性文学的繁荣，也对普通女性写作者的勤奋深为敬重。真希望更多的省市能编纂这样的地方性女作家作品选，以推动中国女性文学的发展。

感谢河南文联、河南作协对编纂工作的大力支持，正是因为有河南各地基层作协的帮助，编选才有如此广泛的作者群加入。

感谢四位分册主编程帅、程舒颖、赵浩宇、曹译的工作，她们为此书的整理及编选做了大量工作，尤其是我的博士后程帅小姐，她替我分担了诸多协调、统稿工作，使编纂工作得以顺利推进。

感谢北京十月文艺出版社总编辑韩敬群先生，感谢李婧婧、张小彩、窦玉帅、张玄喆四位责任编辑，没有他们的支持，就没有这套书的如期出版。

2023年2月2日

图书在版编目（CIP）数据

新世纪河南女作家作品选．诗歌卷 / 张莉总主编 ；
曹译主编．— 北京 : 北京十月文艺出版社，2023.8
ISBN 978-7-5302-2283-6

Ⅰ．①新… Ⅱ．①张… ②曹… Ⅲ．①中国文学—当代文学—作品综合集②诗集—中国—当代 Ⅳ．①I217.1
②I227

中国国家版本馆 CIP 数据核字（2023）第025646号

新世纪河南女作家作品选　诗歌卷
XIN SHIJI HENAN NÜ ZUOJIA ZUOPIN XUAN SHIGE JUAN
总主编　张莉　主编　曹译

出　　版　北京出版集团
　　　　　北京十月文艺出版社
地　　址　北京北三环中路 6 号
邮　　编　100120
网　　址　www.bph.com.cn
发　　行　新经典发行有限公司
　　　　　电话 010-68423599
经　　销　新华书店
印　　刷　北京盛通印刷股份有限公司
版　　次　2023 年 8 月第 1 版
印　　次　2023 年 8 月第 1 次印刷
开　　本　850 毫米 ×1168 毫米　1/32
印　　张　12.5
字　　数　227 千字
书　　号　ISBN 978-7-5302-2283-6
定　　价　55.00 元
如有印装质量问题，由本社负责调换
质量监督电话　010-58572393